杨武能译
德语文学经典

胡桃夹子
——霍夫曼志异小说选

〔德〕霍夫曼 著
杨武能 译

商务印书馆
The Commercial Press

图书在版编目（CIP）数据

胡桃夹子：霍夫曼志异小说选 /（德）恩斯特·西奥多·阿玛迪斯·霍夫曼著；杨武能译. —北京：商务印书馆，2023
（杨武能译德语文学经典）
ISBN 978-7-100-22017-0

Ⅰ.①胡… Ⅱ.①恩…②杨… Ⅲ.①短篇小说—小说集—德国—近代 Ⅳ.① I516.44

中国国家版本馆 CIP 数据核字（2023）第 033001 号

权利保留，侵权必究。

杨武能译德语文学经典
胡桃夹子
——霍夫曼志异小说选
〔德〕霍夫曼 著
杨武能 译

商 务 印 书 馆 出 版
（北京王府井大街36号 邮政编码100710）
商 务 印 书 馆 发 行
北京艺辉伊航图文有限公司印刷
ISBN 978－7－100－22017－0

2023年4月第1版　　开本 880×1230　1/32
2023年4月北京第1次印刷　印张 7⅞
定价：48.00元

序一

《杨武能译德语文学经典》序

王　蒙

　　熟知杨武能的同行专家称誉他为学者、作家、翻译家"三位一体"，眼前这二十多卷《杨武能译德语文学经典》收德语文学经典翻译，足以成为这一评价实实在在的证明。身为大学教授和博士生导师的杨武能，尽管他本人早就主张翻译家同时应该是学者和作家，并且身体力行，长期以来确实是研究、创作和翻译相得益彰，却仍然首先自视为一名文学翻译工作者，感到自豪的也主要是他的译作数十年来一直受到读者的喜爱和出版界的重视。搞文学工作的人一生能出版皇皇二十多卷的著作已属不多，翻译家能出二十多卷的个人文集在中国更是破天荒的事。首先就因为这件事意义非凡，我几经考虑权衡，同意替这套翻译家的文集作序。

　　至于杨教授为数众多的译著何以长久而广泛地受到喜爱和重视，专家和读者多有评说，无须我再发议论了。我只想讲自己也曾经做过些翻译，深知译事之难之苦，因此对翻译家始终心怀同情和敬意。

　　还得说说我与杨教授个人之间的交往或者讲情缘，它是我写这篇序的又一个原因，实际上还是更直接和具体的原因。

前排左一为中国作家协会副主席冯牧，左五为中宣部副部长周扬，左七为对外文委主任林林；二排左三为王蒙，左五为德国大诗人恩岑斯贝格；三排左二为杨武能

陪德国作家游览十三陵

1980年，我奉中国作家协会指派，全程陪同一个德国作家访问团，其时还在中国社会科学院跟冯至先生念研究生的杨武能正好被借调来当翻译。可能这是访问我国的第一个联邦德国作家代表团吧，所以受到了格外的重视。周扬、夏衍、巴金、曹禺等先后出面接待，我和当时的小杨则陪着一帮德国作家访问、交流、观光，从北京到上海，从上海到杭州；到了杭州，记得是住在毛主席下榻过的花家山宾馆里。

一路上，中德两国作家的交流内容广泛、深入，小杨翻译则不只称职，而且可以说出色，给德国作家和我们留下了深刻印象。我和他当时都还年轻，十多天下来接触和交谈不少，彼此便有所了解。后来尽管难得见面，却通过几次信，偶尔还互赠著作，也就是仍然彼此关注，始终未断联系。比如我就注意到他一度担任四川外语学院的副院长，在任期间发起和主持了我国外语

2018年，中国现代文学馆马识途百岁书法展，老哥儿俩最近的一次喜相逢

界的第一次大型国际学术研讨会；知道他因为对中德文化交流贡献卓著，获得过德国国家功勋奖章和歌德金质奖章等奖励；知道他前些年在广西师范大学出版社出版《杨武能译文集》，成为我国健在的翻译家出版十卷以上大型个人译文集的第一人，如此等等。不妨讲，我有幸见证了杨武能从一名研究生和小字辈成长为著名译家、学者、教授和博导的漫长过程。

杨教授说，像我这么对他知根知底且尚能提笔为文的"前辈"，可惜已经不多，所以一定要把为文集写序的重任托付给我。我呢，勉为其难，却不能负其所托，为了那数十年前我们还算年轻的时候结下的珍贵情谊！

序二

文学经典翻译与翻译文学经典

许 钧[*]

近读乔治·斯坦纳的《巴别塔之后——语言与翻译面面观》，书中有这么一段话："为了接近古人，得到精确的回响，每一代人都会出于这种强烈的冲动重译经典，所以每一代人都会用语言构筑起与自己相谐的过去。"[①]重译经典，在我看来，绝不仅仅是为了接近古人、构筑过去，而更是赋予古人以新的生命。文学经典的重译，就其根本意义而言，是文学经典重构与生成的过程。我一直认为，一部好的文学作品，一定呼唤翻译，呼唤着"被赋予生命的解读"。没有阐释与翻译，作品的生命便会枯萎。是翻译，不断拓展作品生命的空间，延续作品生命的时间。以此观照商务印书馆即将推出的《杨武能译德语文学经典》，我想向德语文学经典新生命在中国的创造者、杰出的翻译家杨武能先生致以崇高的敬意。

---

[*] 浙江大学文科资深教授，中华译学馆馆长。
[①] 斯坦纳.巴别塔之后——语言与翻译面面观[M].孟醒,译.杭州：浙江大学出版社，2020：34.

一个杰出的翻译家，需要具有发现经典的眼光。我和杨武能先生相识已经快35个年头了。1987年，我在南京大学读研究生，主攻文学翻译与研究，那时杨武能先生因为重译了郭沫若先生翻译过的《少年维特之烦恼》，在国内文学翻译界声名鹊起，影响很大。时年5月，南京大学召开中国首届研究生翻译研讨会，南京大学研究生翻译学会让我与杨武能先生联系，我便向他发出了诚挚的邀请，恭请他出席研讨会做主旨报告，指导后学。那次报告的具体内容我已经记不清了，但我永远忘不了在会议期间的交谈中他叮嘱我的一句话："做文学翻译，要选择经典作家。"选择，意味着目光与立场。梁启超曾在《变法通议》中专辟一章，详论翻译，把译书提高到"强国第一义"的地位。而就译书本

1985年，南京大学召开中国首届研究生翻译研讨会，我和杨先生及会议主办者合影于南京大学大门前。中间者为杨先生

身，他明确指出："故今日而言译书，当首立三义：一曰，择当译之本；二曰，定公译之例；三曰，养能译之才。"梁启超所言"择当译之本"，便是"译什么书"的问题。他把"择当译之本"列为译书三义之首义，可以说是抓住了译事之根本。回望杨武能先生60余个春秋的文学翻译历程，我们发现，从一开始他就把"择当译之本"当成其翻译人生的起点与基点。选择经典，首先要对何为经典有深刻的理解。文学经典，是靠阅读、阐释与翻译不断生成的。一个好的翻译家，不仅要对经典有自己独到的理解与领悟，更要在准确把握原文意义的基础上，把原文的精神与风貌生动地表现出来，让文学经典成为翻译经典。60余年来，杨武能先生翻译了近千万字的德语文学作品，无论是古典主义的《浮士德》、浪漫主义的《格林童话全集》、现实主义的《茵梦湖》，还是现代主义的《魔山》，每一部都堪称双重的经典：文学的经典与翻译的经典。首创性的翻译，是一种发现；成功的重译，是一种超越。我曾在多个场合说过，翻译，是历史的奇遇。一部好的作品，能遇到像杨先生这样好的译家，那是作家的幸运，也是读者的幸运。

一个杰出的翻译家，需要具有创造的能力。发现经典、选择经典是文学翻译的起点，而要让原作在异域获得新的生命，则需要译者付出创造性的劳动。莫言在诺贝尔奖颁奖典礼上发表感言时说："我还要感谢那些把我的作品翻译成世界很多语言的翻译家们，没有他们创造性的劳动，文学只是各种语言的文学，正是有了他们的劳动，文学才可以成为世界的文学。"创造性，是翻

1985年《译林》创刊5周年招待会上，与杨先生及诗人兼翻译家赵瑞蕻合影，左二为杨先生

译应具有的一种精神，也是历代译家所追求的一种境界。杨武能先生深谙翻译之道，他知道，一部文学佳作要在异域重生，需要翻译家发挥主体性，不仅译经典，更要还它以经典。早在1990年，他就撰写了《文学翻译与翻译文学：兼论翻译即阐释》一文，在文中明确区分了文学翻译与翻译文学的概念，指出："要成为翻译文学，译本就必须和原著一样，具备文学一样的美质和特性，也即除了传递信息和完成交际任务，还要具备诸如审美功能、教育感化功能等多种功能，在可以实际把握的语言文字背后，还会有丰富的言外之意，弦外之音，以及意境、意象等难以言传、只可意会的玄妙的东西。"[①]基于这样的认识，他对文

---

① 杨武能.译翁译话［M］.杭州：浙江大学出版社，2020：279.

学翻译应达到的高度有着自觉和积极的追求。他认为，"面对复杂、繁难、意蕴丰富、情志流动变换的原文"，译者不能"消极地、机械地转换和传达或者反映"，应该主动"深入地发掘、发扬和揭示"。为此，他调遣各种可能，去创造性地重现《少年维特的烦恼》中蕴含的多重情致与格调，传达《魔山》独特的哲理性与思辨性，"再现大师所表达的丰富深刻的思想、精神，感受、再创杰作所散发的巨大强烈的艺术魅力"（见《译翁译话》第82页）。

一个优秀的翻译家，应该具有不懈求真的精神。杨武能先生译文学经典有一个明确的目标，就是要"创造传之久远的、能纳入本民族文学宝库的翻译文学，要创造美的翻译和美玉、美文"（见《译翁译话》第19页）。文学翻译，要具有文学性，具有审美特质，具有美的感染力。作为一个优秀的翻译家，杨武能先生清醒地知道，当下的文学翻译界对于"美"的认识存在着不少误区，甚至有的把翻译之"美"简单地等同于辞藻华丽。他强调说明："我翻译理念中的'美'，指的是尽可能充分、完美地再创原著所拥有的种种文学美质。而非译者随心所欲地想怎么美就怎么美，更不是眼下一些人津津乐道的所谓的'唯美'。"（见《译翁译话》第19页）换言之，追求翻译之美，在于追求翻译之真，需要有求真的精神。再现美，首先要把握原作的美学价值与审美特征，为此必须对原作有深刻的理解。杨武能先生在文学翻译中始终秉承科学求真的精神，对拟译的文本、作家有深入的研究、不懈的探索，坚持在把握原文的精神、风格与特质的基础上再现原作之美，以达到形神兼备。翻译与研究互动，求真与求美融通，构成了杨武能先生文学翻译的一大特色，也因此铸就了杨武能先生翻译的伦理品格。

发现经典、阐释经典、再创经典，这便是杨武能先生的文学翻译之道。杨武能先生的译文，数量之巨、涉及流派之多、品质之高、影响之广，难有与之比肩者。开风气之先，以翻译不断拓展思想疆域的商务印书馆陆续推出《杨武能译德语文学经典》，这在中国的文学翻译出版史上是件大事，可喜可贺。在《杨武能译德语文学经典》即将与读者见面之际，杨先生嘱我写序，我欣然从命。一是因为我们有特殊的校友之情，在南京大学建校110周年之际，我曾写过一篇文章，题目叫《一直引着我前行——我心中的杰出校友杨武能先生》，对这位前辈校友，我心存感激：

2018年，中国翻译史上的大事件：中华译学馆成立！照片中前排左一为唐闻生，左三为杨先生，左二为本人

在我的翻译与翻译研究之路上，在我前行的每一个重要的路段，在我收获的每一个重要的时刻，都有他留下的指引的闪光。南京大学有幸有杨武能先生这样杰出的校友，他的杰出不仅仅在于他卓越的学术建树、他在国际日耳曼学界广泛的影响，更在于他在与后学的交往中所体现出的一种榜样的力量。二是因为我深知这是一份重托：前辈的文学翻译之路，需要一代代新人继续走下去；前辈的翻译精神，需要后辈继承与发扬。让我们从阅读《杨武能译德语文学经典》开始，追随杨武能先生，以我们用心的细读和深刻的领悟，参与经典的重构，让外国文学经典在中国的新生命之花更加灿烂。

2021年8月1日于南京黄埔花园

自序

天时·地利·人和
成就译翁"一世书不尽的传奇"

我应约写过一篇《我的外语生涯》[①]，回顾自己半个多世纪学外语、教外语、担任外语学院领导，以及使用外语做学术研究和进行国际文化交流的点滴往事和心得，以庆祝中国共产党成立100周年。这回我再写一文介绍我的翻译生涯，作为即将面世的《杨武能译德语文学经典》的自序。

60多年以外语为生存手段，教书和学术研究是我的本职工作，说多重要有多重要；然而，我毕生心心念念的却是文学翻译，梦寐以求的是成为一名文学翻译家兼作家，文学翻译才是我真正的志趣、爱好和事业。眼前这套《杨武能译德语文学经典》，乃我60多年心血的结晶。它犹如一棵树冠如盖的巨树，树上结满了鲜艳夺目、滋味鲜美、营养丰富的果实；它长在一片土壤肥美、风调雨顺的大园子里。这座历史悠久的名园叫：商务印书馆！

[①] 选自：王定华，杨丹.人类命运的回响——中国共产党外语教育100年 [M]. 北京：外语教学与研究出版社，2021.

开编新闻发布会上,巴蜀译翁杨武能分享从译60多年的经历与感悟

"译协影子会长"、译林出版社老社长李景端,一口气举出译翁创下的15项第一[1]

小子我从译之路漫长、曲折、坎坷,且不乏传奇色彩[2]。浙江

---

[1] 除了李景端,还有中国译协常务副会长黄友义先生和中华译学馆馆长许钧教授做了长篇视频致辞。

[2] 凤凰卫视2021年做了一期总题名为《译者人生》的专访,经"译协影子会长"李景端推荐,老朽被访了差不多一个星期,因为"他的故事多"。

大学出版社2020年出版的《译翁译话》、四川文艺出版社2017年出版的《译海逐梦录》和湖北教育出版社2000年出版的《圆梦初记》，都详述了我做文学翻译的经历和心路历程，这篇序文只摘取几个最奇异的片段，侧重说说我当文学搬运工一个多甲子的心得和感悟。一个多甲子啊，有几人熬得过……①

走投无路的选择

巴蜀译翁杨武能生于抗日战争全面爆发第二年的1938年，11年后新中国诞生时刚小学毕业。尽管当工人的父亲领着我跑遍山城重庆的包括教会学校在内的一所所中学，还是没能为他的儿子争取到升学的机会。失学了，12岁的小崽儿白天在大街上卷纸烟卖，晚上却步行几里路去人民公园的文化馆上夜校，混在一帮胡子拉碴的大叔大伯中学文化，学政治常识，学讲从猿到人道理的进化论。是父亲基因强大，我自幼便倾心于读书上学。

眼看我要跟父亲一样当学徒工

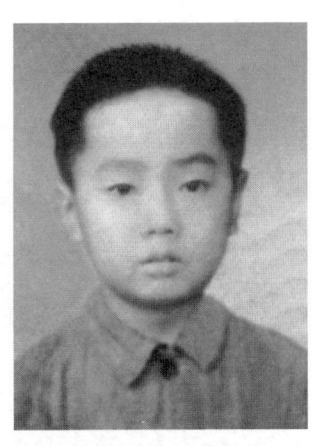

农民的孙子、工人的儿子，儿时的巴蜀译翁杨武能

---

① 一个多甲子从我得到李文俊、张佩芬提携，在《世界文学》发表译作算起，此前的小打小闹就不算啦。

重庆育才学校学生

了，突然喜从天降：第二年秋天，在父亲有幸成为其联络员的地下党帮助下，我"考取了"人民教育家陶行知创办的育才学校，进了重庆解放初唯一一所不收学费还管饭的学校！

在育才，我不仅圆了求学梦，还懂得了做人的道理。老师告诉我们要早日成才服务社会，还讲我们的目标就是实现电气化。于是我立志当一名电气工程师，梦想去建设想象中的三峡水电站。

毕业40年后回母校拜谒陶行知老校长

谁料，初中毕业时，一纸体检报告判定我先天色弱，不能学理工，只能学文，梦想随即破灭。1953年我转到重庆一中念高中，还苦闷彷徨了一年多,其间曾梦想学音乐当二胡演奏家或者歌唱家,结果也惨遭失败。后幸得语文老师王晓岑和俄语老师许文戎启迪、引导,才在走投无路的情况下选学外语,确立了先做翻译家再当作家的圆梦路线。

1956年秋天,一辆接新生的无篷卡车把我拉到北温泉背后的山坡上,进了西南俄文专科学校。凭着在育才、一中打下的坚实的俄语基础,我半年便学完一年的课程跳到了二年级。

高中学生杨武能

重庆一中毕业照(前排右一为王晓岑老师,右二为潘作刚老师,右四为唐珣季老师,右五为甘道铭校长,右六为刘锡琨副校长,右七为张富文老师,右八为陈尊德老师,右九为团委书记方延惠,右十为许安本老师,三排右三为我)

西南俄专，1957年元旦　　　　与同班同学刘扬体等游北温泉公园

因祸得福出夔门

眼看还有一年就要提前毕业，领工资孝敬父母，改善穷困的家庭生活，谁知天有不测风云：牢不可破的中苏友谊破裂了，学俄语的人面临"僧多粥少"的窘境。于是我被迫东出夔门，顺江而下，转到千里之外的南京大学读日耳曼学，也就是德国语言文学，从此跟德语和德国文化结下不解之缘。这一做梦也没想到的挫折，事后证明跟因视力缺陷不能学理工才学外语一样，又是因祸得福。

南京大学学子

须知单科性的西南俄专，无论是硬件还是软件，都远远无法与老牌综合性大学南京大学相比。而今忆起在南大五年的学习生活，尽管远在异乡靠吃助学金过活的穷小子受了不少苦，仍感觉如鱼得水般地畅

天时·地利·人和　成就译翁"一世书不尽的传奇"　| xix

同班同学秋游中山陵，前排左三为挚友舒雨

本人是那个穿破裤子的裁判，注意：补丁是自己一针一针缝上去的

快，因为有了实现理想的条件和可能嘛。

要说南大学习条件优越，仅举一个例子为证：

搞文学翻译，原文书籍的获得和从中挑选出有价值的作品，实乃第一件大事；没有可供翻译的原文，真叫"巧妇难为无米之炊"。作为南大学子，我身在福中。师生加在一起不过百人的德语专业，拥有自己的原文图书馆不说，还对师生一律开架借阅。图书馆的藏书装满了西南大楼底层的两间大教室，整个一座敞着大门的知识宝库，我呢，好似不经意就走进了童话里的宝山。

更神奇的是，这宝山也有个"小矮人"守护！别看此人个头矮小，却神通广大，不仅对自己掌管的宝藏了如指掌，而且尽职尽责，开放时间总是坚守在自己的位置上，对师生的提问一一给予解答。从二年级下学期起，我几乎每周都得到这"小老头儿"的服务和帮助。起初我只是感叹、庆幸自己进入的这所大学真是个藏龙卧虎之地！日后才得知这位其貌不扬、言行谨慎的老先生，竟然是我国日耳曼学宗师之一的大学者、大作家陈铨。

不过我在南大的文学翻译领路人并非陈铨，而是叶逢植。20世纪五六十年代，叶老师

风华正茂的叶逢植老师

1982年陪叶老师走海德堡哲人之路

尚未跻身外文系学子崇拜的何如教授、张威廉教授等大翻译家之列。不过，我们班的同学仍十分钦慕他，对他在《世界文学》发表的译作，如席勒的叙事诗《伊壁库斯的仙鹤》和广播剧《人质》等津津乐道，引以为荣。

正是受叶老师影响，我才上二年级就尝试搞翻译，也就是当年为人所不齿的"种自留地"。1959年春天，《人民日报》发表了我翻译的非洲民间童话《为什么谁都有一丁点儿聪明？》，对我而言不啻翻译生涯中掘到的"第一桶金"。巴掌大的译文给了初试身手的小子我莫大鼓舞，以至一发而不可收，继续在小小的"自留地"上挖呀，挖呀，挖个不止，全然不顾有可能戴上"资产阶级名利思想严重"和"走白专道路"的帽子。

真叫幸运啊，才华横溢又循循善诱的叶老师在一、二年级教我德语和德语文学。在他手下，我不只打下了坚实的语言基础，还得到从事文学翻译的鼓励和指点，因此在那个物质和精神都极度匮乏的困难年代，我们之间建立起了相濡以沫的深厚情谊。

小译者发表习作的大刊物

可怜，待分配的肺痨书生！

《译翁译话》第一辑《译坛杂忆》，详述了鄙人"种自留地"拿稿费改善自己和父母经济生活，以及后来在叶老师指引下在《世界文学》刊发德语文学经典翻译习作的情况。想当年，中国发表文学翻译作品的期刊，仅有鲁迅创刊、茅盾主编的《世界文学》一家，未出茅庐的大学生杨武能竟一年三中标，实在不易。

南大德文专业1962年毕业照（前排右五为学生们敬爱的郭影秋校长，右四为系主任商承祖，右三为张威廉教授，右二为林尔康老师，右一为马君玉老师；二排右一为帅哥关群，右二为"痨病鬼"，右三为刘大方，右四为贾慧蝶，右五为张淑娴，右六为小三姐舒雨，右七为团支书曹志慕，右八为志愿军大哥何平谷，右九为王志清大哥，右十为"二胡"潘振亚，右十一为班长张复祥；后排左一为秦祖镒，左二为张春富，左三为杨明，左四为篮球健将陈达，左五为沈祖芳，左六为林尧清，左七为张至德，左八为马明远，左九为华宗德）

就这样，还在大学时代，我连跑带跳冲上了译坛，可也为此付出了沉重代价：毕业前一年，我患了肺结核，住进了郭影秋任校长的南大在金银街5号专为学生设立的疗养所。

1962年秋天毕业却因病不得分配，我寂寞、痛苦地在舒雨的陪伴下①等待了几个月，才勉强回到由西南俄专发展成的四川外语学院报到。

毕业后头两年我还在《世界文学》发表了《普劳图斯在修女院中》和《一片绿叶》等德语古典名著的翻译。

谁料好景不长，1965年中国唯一一家外国文学刊物《世界文学》停刊了，接着就是十年"文革"，我的文学翻译梦遂成泡影，身心堕入了黑暗而漫长的冬夜。

否极泰来说"文革"

译翁对"文革"深恶痛绝，它不但粉碎了我做文学翻译家的美梦，还给年纪轻轻的小教员我扣上"反动学术权威"的帽子，仅仅因为我译过几篇古典名作而已。我父亲更惨，莫名其妙地就从革命群众变成"历史反革命"，被勒令到长寿湖学习改造，儿子自然也被划入了"黑五类"另册。业务再好，教学再努力，我当个小小教研室主任前边也得加个"代"字，真是倒霉到了极

---

① 舒雨，我的南大同班同学。身为老舍先生的三女儿，她身份显赫，生活优裕，却偏偏青睐我这个四川"小瘪三"。《译海逐梦录》里有一篇《小三姐》，写她为什么会陪我待分配，以及我在长江边上与她洒泪分别的情景。

1978年冬天，在导师冯至温暖的书房

1982年秋第一次到德国出席学术会议，会后随恩师冯至、叶逢植游览慕尼黑

点，憋屈到了极点！

正是太憋气、太受气，我才忍无可忍，才在1978年以40岁的大龄破釜沉舟：已经获得的讲师头衔不要了，抛下即将生第二个孩子的弱妻和尚年幼的女儿，愤而投考中国社会科学院冯至教授的研究生！

结果呢，我鲤鱼跳龙门，摇身一变成了歌德学者，成了"翰林院黄埔一期"①的一员！

若不是"文革"逼我铤而走险，十有八九小子我还是一名德语教员，充其量也就能奋斗进黄永玉老爷子所谓"满街走"的教授队列。

"文化大革命"把偌大

---

① "翰林院"系中国社会科学院研究生院当年的谑称。1978年恢复研究生制度，在"人才难得的呼喊声中"，许多被"文革"耽误、埋没的知识精英蜂拥进了社科院研究生院，在温济泽老院长的操持下，它的"黄埔一期"真出了不少将帅之才。

一个中国生生变成了文化荒漠。浩劫过后接着是文化饥渴，小子我生逢其时，交了好运，在人民文学出版社孙绳武和绿原前辈帮助下翻译出版了《少年维特的烦恼》，恰如灾荒年推到市场上一大筐新烤出来的面包，"饥民"们一阵疯抢，借着前辈郭老的余威，小子暴得大名！随后译作、著作便一本接一本上市喽。

时也，命也！

《少年维特的烦恼》部分杨译本（包括捐赠了稿费的盲文本）

经过这场浩劫，党和政府毅然拨乱反正，实行改革开放，为中华腾飞打下了坚实基础，小平同志居功至伟。我家里摆着两尊伟人铜像：一尊为毛泽东，一尊为邓小平！

祸兮福兮忆抗战
——亲爱的"下江人"

我出生在抗日战争全面爆发的第二年，依稀记得大人抱着我躲警报的情景，刚懂一点点事就切齿痛恨日本鬼子狂轰滥炸我的家园，永世不忘国家民族的深仇大恨！

抗战期间，陪都重庆经济文化空前繁荣，小小年纪的我同样受益匪浅。这里我讲一个非亲历者体会不到的例子：

抗战时期逃难到大后方的有许多"下江人"，也就是江浙、京沪乃至东三省的上层人士和文化精英。抗战期间，难民们受到四川的庇护、款待，对包括重庆在内的第二故乡四川怀有深深的感恩之情。前不久我读到叶逢植老师的一部未刊德语回忆录，说他们从四川回南京后自然形成了一个讲四川话的小圈子，大家都以到过四川为荣，彼此格外亲切。我长大后浪迹南京、北京，涉足文坛遇到许多恩人贵人，从恩师冯至先生到挚友老舍的三女儿舒雨和她的丈夫潘武一，从亦师亦友的译坛领路人叶逢植到忘年之交英语兼德语翻译家傅惟慈，从高风亮节的诗人、翻译家兼编辑家绿原到作家、翻译家冯亦代，等等。这些在我从译和治学路上扶持、提携我，有恩于我的人，他们的一个

冯亦代三不老胡同听风楼中的座上客

鲁迅文学奖翻译奖评议组组长绿原和他的组员杨武能

共同点便是饮过川江水的"下江人"。我忍不住要述说自己这一特殊经历、感受,因为老头子不讲,再过一些年恐怕没有谁会再知道和再想起讲这些亲爱的"下江人"啦!

京城有巴蜀游子的两个落脚点:一个在舒雨、潘武一灯市西口的家中,一个在傅惟慈四根柏胡同的小院里。左一为傅教授的儿女亲家叶君健

人生路漫长曲折,祸福无常,祸福相倚。鄢翁60多年的译著生涯,每每印证此理。多有"山重水复疑无路"的困顿迷茫,绝望挣扎,接着总会"柳暗花明又一村",眼前豁然开朗,心中欣幸欢悦。此时此刻此情此景,每一个不惧艰险、不懈奋进的追求者,都会像浮士德博士一样喊出:你真美啊,请停一停!

鄢翁咬牙在从译之路上奔波、跋涉,一次次跌倒了再爬起来,方有今日之光景。但柳暗花明和跌倒了再爬起来,打拼出新的局面,没有幸逢一位位恩人、贵人,那是不可能的!

格林童话助我"返老还童"

回眸一个多甲子的文学翻译生涯,无论如何也不能不说说译林出版社和它1993年推出的《格林童话全集》。而今,杨译格林童话在读者中的影响,已经超过杨译《少年维特的烦恼》和《浮士德》,为我赢得的老少粉丝数以亿计。不仅如此,《格林童话全集》帮助我"返老还童",使我这棵翻译"老树"在风风雨雨半世纪之后又发出了"新枝"。这个情况,当然早已为业内注意到,于是我慢慢被视为译介少儿作品的好手,因此收到了各式各样的约请。

2007年,经儿童文学理论家王泉根教授推荐,我应邀担任湖南少年儿童出版社"全球儿童文学典藏书系"的"翻译专家委员会委员",不但接受组织德语作品翻译的委托,自己也承担和完成了《七个小矮人后传》和《胡桃夹子》等几本小书的翻译。书虽说单薄,跟我已出版的大多数译著相比微不足道,却是我进入新的年龄段即70岁后的第一批成果,不但使我重温了20年前翻译《格林童话》的美妙滋味,还认识到为孩子们干活儿的非凡意义。不再做翻译的决心动摇了,我开始考虑在保持健康的前提下,力所能及地再为孩子们做点事。

恩德此书被誉为德语文学的现代经典,貌似童书,却有点《浮士德》《西游记》的味道

2010年，以出版少儿读物享有盛誉的二十一世纪出版社找到远在德国的我，约我翻译德国当代著名儿童文学作家普罗斯勒的《大帽子小精灵霍柏》与《霍柏和他的朋友毛球儿》。为考验该社诚意，我提出相当高的签约条件，不想他们慨然应允，这就使我再也脱不了手。两本小书交稿后，他们又请我重译已故当代德国儿童文学大师米切尔·恩德的代表作《永远讲不完的故事》和Momo。我查了资料，发现这两本书的旧译不但广为流传，而且译者都是熟人，因此颇感为难。我把疑虑告诉了联系人，得到的回答却是请我重译一事已经过慎重考虑，决定系由社长张秋林本人做出，只因他喜欢我的译笔[①]。思考再三，几经踌躇，我终于决定接受约请，理由是应该以广大小读者的接受为重，以大师恩德杰作的传播为重，而不能太在乎个人的得或失[②]。

如同Momo，此书是批判后工业社会的生态小说

我为二十一世纪出版社翻译的童书很多，这里只展示《永远

[①] 前些年，秋林曾代表台湾地区某出版社约我译恩德的《如意潘趣酒》。

[②] Momo在20世纪八九十年代就有中译本，我印象最深的是译林出版社资深编辑赵燮生的《莫莫》，因为燮生邀我为它写过序。二十一世纪出版社的重译本《毛毛》也许译名取得巧，结果后来居上。我重译了Momo，尽管煞费苦心把译名变成了《嫫嫫》，还是未能免掉麻烦和困扰。不过这只是一点点不值一提的鸡毛蒜皮，革命航船仍然乘风破浪，也就是得大于失，反倒加快了"返老还童"的进程。

讲不完的故事》和《如意潘趣酒》的封面。

再说我的"返老还童",为此我由衷感谢在激烈的争夺中与我签订"格林兄弟"作品出版合同的李景端[①],还有责任编辑施梓云,没有这位称职"保姆"养育、呵护,"孩子"不会长得如此健壮可爱,这么有出息!很自然地,译林出版社和李、施两位都成了本翁的好朋友。

欣慰自豪一二三

我从译半个多世纪真没少经历痛苦磨难,但更多的是师友的教诲、帮助,恩人贵人的扶持、提携,因而有了一些可堪欣慰、自豪的成绩,在此略述一二。

其一,毕生所译几乎全是名著佳作,尤以古典杰作居多。翻译古典名著很难避免重译。重译亦称复译,复译之必要已为业界公认,问题只在质量和效果。重译者做到了推陈出新、更上层楼,有利于原著进一步传播,有利于读者更好地接受,价值就不容否认和低估,就不一定比新译或所谓"原创性翻译"来得差。具体说到我重译的歌德代表作《浮士德》《少年维特的烦恼》《迷娘曲——歌德诗选》《歌德谈话录》,以及《阴谋与爱情》《海涅抒情诗选》《茵梦湖》和《格林童话全集》等,事实

[①] 他一听说漓江出版社也属意我的《格林童话》译稿,立马从南京奔到我成都的家中,和我签了出版合同。

表明都得到了同行专家的赞赏，出版界和读书界的欢迎。例如《少年维特的烦恼》入选了人民文学出版社、作家出版社以及商务印书馆等权威大社"名著名译"丛书，《浮士德》被藏入国家领导人的书柜，《格林童话全集》成为教育部推荐的中学生"新课标"选本。

除了重译，译翁也有不少首译的作品，较重要的如托马斯·曼70多万字的巨著《魔山》，黑塞的长篇小说《纳尔齐斯与歌尔德蒙》，海泽的中篇集《特雷庇姑娘》，迈耶尔的中篇集《圣者》，以及霍夫曼、克莱斯特等的许多中短名篇，还有米切尔·恩德的现代经典童话《如意潘趣酒》等，加在一起不但数量可观，也同样受到读者欢迎、同行肯定。

《魔山》等经典名著部分译本

其二，鄙翁尽管痴迷于文学翻译实践，却不只顾埋头译述，做一个吭哧吭哧的"搬运工"，也对文学翻译做过不少理论思考，对它的性质、意义、标准以及从事此道的人必须具备的条件和修养等，形成了有个人见解且言之成理、立论有据的理念，或者勉强也算理论。老朽自视为译学研究舞台上的"票友",却有同行谬赞吾为"文学翻译家中的思想者"。

说起文学翻译理论,一言以蔽之,我特别重视"文学"二字。早在20世纪80年代,区区就强调优秀的译文必须富有与原著尽可能贴近的种种文学元素和美质,也就是在读者审美鉴赏的显微镜下,译文本身也必须是文学,即翻译文学。而这一点,即文学翻译除去正确和达意之外,还必须富有与原文近乎一样的文学美质,正是文学翻译的难点和据以区别于他种翻译的特质。

德国人称纯文学(即Belletristik)为"美的文学"(schöne Literatur),我想不妨也称文学翻译为"美的翻译",或曰"艺术的翻译"。使自己的译作成为"美的翻译",成为"美玉"、美文,成为翻译文学,是我半个多世纪翻译生涯的不变追求。

为避免误解,我必须强调:翻译理念中的"美",指的是尽可能充分、完美地再创原著所拥有的种种文学美质,而非译者随心所欲地想怎么美就怎么美,更不是眼下一些人津津乐道的所谓"唯美"和为美而美。

要创造传之久远的、能纳入本民族文学宝库的翻译文学,要创造美的翻译、美文、"美玉",必须充分发挥翻译家的主观能动性和创造精神。因此我赞成说文学翻译是艺术再创造;因此我认为,翻译家理所当然地应当是文学翻译的主体,也事实上是主体。

其三,我践行了早年提出的文学翻译家必须同时是学者和作家的理念，几十年来努力追寻季羡林、戈宝权、傅雷等译界前辈的足迹，把研究、翻译、创作紧密结合起来，让它们相辅相成、相得益彰，在完成教师本职工作之余，翻译、研究、创作齐头并进，在三个方面都取得了或大或小的成绩，出版的译著、论著和创作总计约40部。即使仅仅作为翻译家，我在学者和作家朋友面前当也不自惭形秽。其他理由不说了，只讲我译著的读者数量以千万计，而一部名著佳译流传数十年甚至更加长远，可以影响一代又一代人，这难道不值得自豪吗？

还值得一说的是，几十年来我积极参加国内外翻译界的活动，不甘于做一个把自己关在屋子里爬格子的书呆子和匠人。有机会向前辈和国内外同行学习，我获益匪浅。

社科院众多大儒中我最亲近戈宝权。1987年他应邀出席四川翻译文学学会成立大会，会后偕夫人梁培兰做客我在四川外语学院的寒舍，与我妻子王荫祺和次女杨熹合影。我受他影响，也涉猎中外文化关系研究

我读研时去北大听过田德望先生的课，他待我很好。我参评教授时，他写推荐多有美言，是我视为表率的德语和意大利语翻译大家

1985年，我参加了在烟台举行的全国中青年文学翻译经验交流会

也是1985年，出席《译林》杂志创刊五周年纪念会，我拜识了一大批前辈名家。

三排右一为周珏良，右二为毕朔望，右三为杨岂深，右四为吴富恒，右五为戈宝权，右六为汤永宽，右七为屠珍，右八为梅绍武；中排左一为吴富恒夫人陆凡，左二为董乐山；前排左一为东道主，左二为陈冠商，左三为杨武能，左四为郭继德，左五为施咸荣

1992年珠海白藤湖，我出席海峡两岸文学翻译研讨会，欣逢自称半个四川人的"下江人"余光中先生，与他一见如故。

乡愁诗人与我的忘年之交

在白藤湖，我还拜识了王佐良、齐邦媛和金圣华等译界名宿。

图为李文俊、方平、董衡巽和小杨（时年54岁）

2004年任欧洲译协驻会翻译家

1999年歌德诞辰250周年，我受聘赴魏玛"《浮士德》翻译工场"打工，作为唯一中国代表与来自全世界的《浮士德》翻译家切磋译艺。"工场"关门后又应邀赴艾尔福特开更大的世界歌德翻译家研讨会。

天时·地利·人和　成就译翁"一世书不尽的传奇" | xxxvii

在欧洲译协与诺奖得主君特·格拉斯相谈甚欢

遗憾的是，当今中国，翻译家在文艺界和学术界没有受到足够的重视：即使是经典译著，在高校通常也不算科研成果，翻译的稿酬标准也远低于创作。对此，翻译家们心怀愤懑却无能为力，不少人因此失望、自卑。译翁却不但不自卑，心中还充满自豪，反倒为自己是一名有成就、有作为、有影响的文学翻译家自豪！

夫唱妇随，在欧洲译协驻会翻译家居住的小别墅门前

在艾尔福特的世界歌德翻译家研讨会做报告

2018年荣获"翻译文化终身成就奖",这是巴蜀译翁在国内得到的最高奖项

我不是傅雷，我是巴蜀译翁，巴蜀译翁！

近些年，有媒体报道称老朽为"德语界的傅雷"：

2013年6月27日，中国网河南频道报道"德语界傅雷"杨武能荣获歌德金质奖章；《成都商报》说什么"德语界的傅雷"川大教授杨武能获得了"翻译诺贝尔奖"；2018年，又有报道说80高龄的杨武能"拿下了"翻译文化终身成就奖，称誉他为"德语界的傅雷"，云云。不只某些媒体，严谨的学术界也偶有拿我跟傅雷相提并论者。

傅雷先生（1908—1966）是中国翻译文学史上的一座丰碑，我走上文学翻译道路就是中学时代受了先生和汝龙、丽尼等前辈的影响，傅雷更是我从译之路上的向导乃至偶像。我说我不是傅雷，没有丝毫贬低他的意思，相反我对先生十分崇敬和感激。我所以坚称自己不是傅雷，因为我就是我，我跟傅雷有太多的不同。多数的不同不言自明，只有一点必须要强调，因为影响大而深远：

傅雷比我早生30年，58岁不幸去世；同成长在新中国，虽也历经坎坷，却在和平环境里幸福地多劳作了数十年的译翁，不可同日而语！译翁施展的时间和空间远远大于傅雷前辈，能创造和贡献的自然应该更多更大。至于是不是真的更多更大，则有待评说。

感恩故乡，感恩祖国

2018年年届耄耋，我突发奇想，给自己取了个号或曰笔名：巴蜀译翁。

一辈子混迹文坛，我用过的笔名不少，大多随用随弃，但这"巴蜀译翁"将一直用下去。它不只蕴含着我对故乡无尽的感恩之情，还另有一层含义！

我出生在山城重庆较场口十八梯下厚慈街，从小爬坡上坎，忍受火炉炙烤熔炼，练就了强健的筋骨、刚毅的性格。天府四川的文学沃土养育我茁壮生长，我自幼崇拜李白、杜甫、苏东坡，尤其是苏东坡！我生而为重庆人，重庆人就是四川人；我一辈子都为自己是四川人而自豪，为自己是李白、杜甫、苏东坡、郭沫若、巴金的同乡、后辈而自豪。没想到行政区划的

苏东坡，译翁奉他为古代中国的歌德①

---

① 2000年法国《世界报》评选出1001—2000年间的"千年英雄"，全世界入选者12人，中国也是亚洲入选的唯一一位就是苏东坡。

变化，有一天我突然不是四川人了！我实在难过，想起杜甫草堂、武侯祠、三苏祠就难过！我取"巴蜀译翁"这个名号，是要表明自己对四川—重庆人这个身份的忠诚。

得意忘形 "引吭高歌"

杨武能著译文献馆（巴蜀译翁文献馆）开馆展。左一为四川大学文学院院长曹顺庆，左二为重庆市作协主席冉冉，左四为著名翻译家刘荣跃，左五为华裔德籍著名歌德研究家顾正祥

我2008年从川大退休旅居德国，2014年送重病的妻子回重庆就医；2015年，重庆图书馆成立了杨武能著译文献馆。三年后，我逮住建立成渝双城经济圈和巴蜀文旅走廊的机会，赶快将它正名为"巴蜀译翁文献馆"，以舒缓心中的伤痛！

据我所知还没有为一个"文化苦力"建有巴蜀译翁文献馆这般高规格、大体量的个人文献馆的先例。

重庆武隆的世界自然遗产地仙女山还建有一座巴蜀译翁亭，实属少见。

这一馆一亭的意义和未来，还活着的译翁本人不便说，也说不清楚，只感觉这是故乡对区区无尽的爱，厚重得不能承受的爱，所以，巴蜀译翁这个笔名对我之要紧、珍贵，胜过父亲按字辈给我取的本名！

再看巴蜀译翁亭的柱子上，有一副楹联：

上联　浮士德格林童话魔山　永远讲不完的故事

下联　翻译家歌德学者作家　一世书不尽的传奇

组成上联的是我四部代表译著的题名，下联是我的主要身份以及一生的重大建树。

戈宝权评郭沫若说：郭老即使只翻译了一部《浮士德》，就很了不起。巴蜀译翁成功译介的经典多得多！

说主要身份，意味着还有其他身份略而未表。说一说幸得冯至先生亲传的歌德学者吧，译翁是荣获国际歌德研究最高奖"歌德金质奖章"唯一中国学人，其他似乎不用再说。只有作家这个身份，译翁还须努力夯实它。

重庆武隆仙女山巴蜀译翁亭揭幕,出席仪式者除主持仪式的县委领导和川渝文化名流,还有来自德国、美国、澳大利亚、日本、马来西亚等国的华裔作家和文艺家。他们经由小女杨悦组织来世界自然遗产地武隆仙女山采风,其中不乏周励这样的大作家[①],却自谦为译翁的粉丝(张晓辉 摄)

译翁信心满满,只要坚守"生命在于创造,创造为了奉献"这个座右铭,一旦得到缪斯女神眷顾,诗的闸门就会大开。他有翻译家超强的笔力和得自书里书外的人生体验,可以讲的故事多着呢!仔细想想,真是每一部重要译著背后都有精彩故事呢,也就难怪李景端在提议凤凰卫视来专访我时讲:他的故事多!

"一世书不尽的传奇"?好大一个牛皮!

不是牛皮是事实!

---

① 代表作为《曼哈顿的中国女人》《亲吻世界——曼哈顿手记》。更令译翁钦佩的是,她还是一位极地旅行家,著有多部旅游探险记。

新中国成立前，四川有句民谚："养儿不用教，酉秀黔彭走一遭！"说的是四川这几个地方极度苦寒，娇生惯养的娃娃只要去那里走一走，看一看，就会知道生活艰难，不懂事的就会懂事。我祖父杨代金是彭水（现武隆）大娄山上的贫苦农民，他儿子我爸跑到重庆城当了电灯工人，他孙子我巴蜀译翁现如今成了享誉海内外的翻译家、学者、作家还有教授、博导、大学副校长，您说传奇不传奇？

若问哪个（怎么）会出现这样的传奇？回答：天时、地利、人和呗！

欲知究竟，劳驾到重庆沙坪坝凤天路106号，去逛逛重庆图书馆的巴蜀译翁文献馆。您一进文献馆大门，就会看见屏风上写着答案。

巴蜀译翁文献馆门厅处屏风

看样子传奇还不算完，尽管译翁已经八十有三。须知他的座右铭是"生命在于创造,创造为了奉献",在有生之年,他还要继续创造,继续奉献,也就是生命不息,奋斗不止!在光辉灿烂的新时代,译翁有一个梦:老头儿梦见自己"年富力强",变成了新的自己,正铆足劲儿,要创造一个个新的传奇……

民族复兴大业美好、光荣、伟大,本翁啷个能不参与,不投入其中呢?!

结语:没有共产党缔造新中国,就没有巴蜀译翁!没有父母养育、亲属支持[①]、师长教导、友朋帮衬、贵人提携,就没有巴蜀译翁!故而译翁在中国共产党成立100周年之际开始结集出版自己60余载心血的结晶《杨武能译德语文学经典》,把它献给我的人民、我的国家,把它献给我的亲戚朋友,献给我的母校育才、一中、俄专、南大、社科院研究生院,以及德国洪堡基金会(Alexander von Humboldt-Stiftung),献给我在中国和德国的老师、同学,最后,还献给支持、厚爱译翁的千万读者、粉丝,老的少的粉丝!

德国大文豪、大思想家歌德说:我们都是"集体性人物"!意即我们生命中包括父母、亲属、师长、同学、同事、同行的许许多多人有意无意地影响了我们,从正面或者反面帮助、促成我们的成长、发展,造就了我们,最终决定了我们成为什么样的人。不能不说明,写在纸上的都是美好、阳光、正面的人和事;

[①] 必须感谢我的家人,特别是我的妻子王荫祺。她与我志同道合、同甘共苦三十五载,精心养育两个女儿,多方面为我分劳分忧,不只生活中给我无微不至的照顾,还参与我多部作品的翻译工作。在《译翁情话》里,将对她述说很多很多。

可在现实生活中，译翁跟所有人一样也遭遇过阴暗和丑陋，但那些阴暗和丑陋也磨炼、激励了我，最终成就了我，同样是我的塑造者！

茫茫人海，天高地阔，万类霜天竞自由！少了哪一类都不行，少了哪一物种世界都不会如此多姿多彩，生活都不会如此美好、幸福，译翁都不会活得如此有滋有味！多谢啦，一切从正面或反面促成、造就我的人，译翁感激你们哟，爱你们哟！

2021年12月于山城重庆图书馆巴蜀译翁文献馆

目　　录

译序　非驴非马，生不适时 …………………………………… 1

胡桃夹子与鼠大王 ……………………………………………… 1
赌运 …………………………………………………………… 76
克雷斯佩尔顾问 ……………………………………………… 107
外乡孩子 ……………………………………………………… 137

·译序·

非驴非马,生不适时
——关于霍夫曼的小说创作与接受

霍夫曼(Ernst Theodor Amadeus Hoffmann,1776—1822)是19世纪初出现在德国的一位伟大的天才。他既是作家,又是音乐家和画家,却一生坎坷潦倒。他的最大成就在于小说创作,中篇集《谢拉皮翁兄弟》和长篇《雄猫穆尔的生活观》等,都产生了深远影响。在德国文学史上,歌德之后,海涅之前,霍夫曼应该说是最重要的作家。

可是,在不同的国度,不同的时代,霍夫曼及其作品却受到不同的评价和对待,其间差异之巨大,变化之显著,足以使他成为研究文学接受现象的一个绝好例子。而且,霍夫曼及其小说本身,也确有值得注意的与众不同之处。这与众不同,窃以为便是决定他命运的重要前提和主观原因。

霍夫曼1776年1月24日出生在柯尼斯堡(后属苏联,更名为加里宁格勒),父亲是一名律师。由于父母离异,他三四岁时便寄养在外祖母家。他自幼爱好音乐和文学,尤其嗜读骑士小说和志怪小说。16岁进入故乡的大学——大哲学家康德曾经学习和任教的柯尼斯堡大学——学习法律，毕业后在当地法院当了一名职员。1798年任柏林高等法院的陪审官，隔年因同情受凌辱的市民，作漫画讽刺普鲁士军官，被贬职到了波森（今属波兰，即波兹南）。1806年，法军入侵，几经周折调到了华沙的霍夫曼失去公职，不得已回到柏林，以艺术为生。1808年到巴姆贝克城任剧院乐队指挥，兼做导演、作曲和舞台设计。就在这时，他开始写小说，第一批中、短篇问世后即受到欢迎。1816年，拿破仑失败，霍夫曼重返柏林，任高等法院顾问。1820年，参与"调查叛国集团及其他危害国家活动委员会"的工作，却违背当局旨意为爱国进步人士辩护和伸张正义，因而受到牵连。不久罹患脊椎结核，双腿瘫痪，但仍坚持写作，直至1822年6月25日逝世。

霍夫曼的坎坷经历注定他必然对社会现实和人生作冷峻的观察，更多地看到社会和人生的阴暗面以及种种扭曲、异化现象，进而以自己创作的小说把它们反映出来，并给以揭露和鞭笞。

霍夫曼的文学创作集中在他1822年逝世前的十二三年里，共创作了三部长篇和数十个中、短篇。这些作品大致分为两类：一类是作为德国浪漫派特有文学样式的所谓"童话小说"，亦称"艺术童话"，以区别于民间童话；一类为所谓"历史小说"。前一类即"童话小说"的代表作为长篇《雄猫穆尔的生活观》，中、短篇《侏儒查赫斯》《金罐》《魔鬼的万灵药水》和《胡桃夹子》等，它们与传统童话的区别，在于对生活的反映要宽广得多、深刻得多，与社会现实关系更直接、更紧密，已不再是那种以山羊、狐狸或公主、妖婆为主人公的情节单纯、善恶分明的儿童读物，而属于成人文学的范畴。后一类即"历史小说"，以《斯居戴莉小姐》《挑选未婚妻》《克雷斯佩尔顾问》《箍桶匠马丁师傅和他的伙计们》为代表，也不像一般历史小说那样写历史上的重大事件和重要人物（例如瑞士德语作家迈耶尔的作品），而只写现实世界中的普通人，如平庸的手艺人和潦倒的艺术家之类，并且情节中有更多的虚构成分。当然，这只是个大致的分类，因为某些作品兼具两者的特征，例如长篇《雄猫穆尔的生活观》，便无法绝对归入哪一类之中。

可是不论哪一类，霍夫曼的小说有一些共同的、鲜明突出的特点，归纳起来，即为一个"奇"字加上一个"异"字：小说情节充满奇思异想，写的都是奇人异事，气氛、情调也都奇异诡谲。比起强调中短篇小说内容要新奇、要闻所未闻的歌德等前辈作家来，霍夫曼又大大前进一步，以他的大胆幻想使"奇"和"异"常常达到了神秘怪诞的程度。他的小说多写生活中所谓"夜的方面"，常常显得阴气森森，弥漫着阴暗、抑郁、悲观的气氛；小说中的人物大多受着不可抵御的神秘力量的支配，无法掌握自身的命运，大多思想平庸、性情乖张、心理变态、行为荒唐；小说的故事情节更是离奇、怪诞甚至恐怖，但在恐怖之中又不时出现滑稽可笑的场面。

要了解霍夫曼小说的"奇"和"异"，当然最好是自己读读他的代表作。不过在没来得及这样做之前，我们也不妨先听听丹麦大批评家勃兰兑斯的分析，因为这可以帮助我们认识这位怪才,认识他的坎坷经历、怪诞习性对其创作直接而巨大的影响。

关于嗜酒与他写作的关系,勃兰兑斯给我们讲了很多,称他是"酒馆里的常客。他在这里把大部分精力和创作才能用来观察自己的心境,为了观察入微,每天要写日记"。"他原来不过把酒当作兴奋剂,实际上酒对他远不止此。他的许多灵感,许多幻象,那些开始只是出自想象,后来越来越认真的错觉,大都是得之于酒……在酒精的影响下,他会突然看见黑暗中闪现着磷火,或者看见一个小妖精从地板缝里钻出来,或者看见他自己周围是些鬼怪和狞恶的形体,以各种古怪装扮出没无常。"

在霍夫曼的《斯居戴莉小姐》《金罐》《魔鬼的万灵药水》等代表作中,主人公人格分裂,不但过着两重甚至多重生活,还常常以不同的形象出现甚至碰在一起。对此勃兰兑斯解释说:"霍夫曼创造这些二重性和三重性的生活方式(例如那个档案保管员,白天是户籍官,夜晚是一条火蛇),他心里显然想着他自己的官场生活和自由的夜生活之间奇怪的对照:白天作为奉公守法的刑事法官,他严格地摈弃一切有关情绪和审美的考虑,而夜间则成为广阔无垠的想象之国的国王,过着无拘无束的生活。"[①]

霍夫曼的生活与创作在很大程度上融合在了一起,于是便在小说中创造了那么多离奇、怪异、可怖然而栩栩如生的人物和情

[①] 勃兰兑斯著、刘半九译:《十九世纪文学主流》第二分册,人民文学出版社1981年版,第162—165页。

节，他自己写着写着也不禁感到惶恐不安、心惊胆战。从别人为他作的传记中我们得知，他在夜间工作时常常不得不把熟睡的妻子叫起来给他壮胆。

不过，在创作中，霍夫曼并非为了奇异而写奇异，为了怪诞、恐怖而写怪诞、恐怖。仔细读一读，我们定会发现，无论是历史小说还是童话小说，他的作品都有着现实和幻想的双重背景，人物的性格和形象也同样具有这样的两重性，区别只是在不同类型的作品中，现实与幻想的比例不同罢了。而且，很明显，奇异的幻想只是外衣，神秘怪诞的故事、人物乃至动物、精怪同样反映着社会现实，并不只是反映的方式曲折而隐晦。所以，海涅在分析他与别的正宗地道的浪漫派作家的区别时指出，霍夫曼虽然绘制了不少漫画式的鬼脸，脚跟却始终站在现实世界的坚实基础上。①

霍夫曼的小说不但是他个人独特的经历、心理和人格的反映，也是18世纪末19世纪初落后腐败的德国的写照，是法国大革命后封建复辟的黑暗时期的写照。更重要的是，作者不仅仅反映黑暗的现实，还对它进行无情的揭露和有力的抨击，正如他在现实生活中的立场和做法一样。为此，他常使用讽刺和夸张的手法，抨击的对象既包括反动的封建统治者，也包括庸俗的小市民。

例如《侏儒查赫斯》的主人公是个好逸恶劳、性情刁钻的

---

① 亨利希·海涅著、张玉书译：《论浪漫派》，人民文学出版社1979年版。

丑八怪，却凭着仙女赐给的三根魔发而平步青云，当上了宫里的大臣、宰相，过着不劳而获、颐指气使的生活，而一旦失去魔发便软弱无力，淹死在了浴缸中。这样的"童话"对德国小宫廷中的那些大人物揭露、讥讽得可谓入木三分。其他如《雄猫穆尔的生活观》和《金罐》等，也一方面抨击封建宫廷的腐败，一方面鞭笞市侩的庸俗。总而言之，霍夫曼小说的思想倾向是明显的，尽管采取了浪漫主义的手法，却已具备一些批判现实主义的特性。

在欧洲文学的发展史上，霍夫曼的创作体现着从浪漫主义向批判现实主义的转化或者说过渡，情况相当复杂。一方面，他与德国浪漫派有着多方面的联系，如都写"童话小说"，都热衷于表现人生"夜"的方面，却并不是纯粹、正宗的浪漫派作家。另一方面，尽管他在创作中确实对黑暗的社会现实作了猛烈的批判和抨击，对后世的不少欧美批判现实主义小说家如巴尔扎克等都影响甚大，也不能简单归入批判现实主义小说家之列。

霍夫曼的小说还表现出一些西方现代主义文学的特征，《斯居戴莉小姐》和《雄猫穆尔的生活观》这两篇杰作堪称极好的例子。前者的主人公金匠卡迪亚克因不能占有自己创造的艺术品而心理变态，一次又一次身不由己地劫杀自己的雇主，堕落成了可怕的罪犯。这样的故事，深刻而生动地揭示了人性的扭曲和异化，人与人之间的关系的扭曲和异化，人与他的创造物的关系的扭曲和异化，显然已触及现代主义文学的一个重要母题。后者即《雄猫穆尔的生活观》却要读者相信，由于印刷工人的粗心大意，一部由雄猫穆尔写的生活札记，与一页页撕来夹在中间当衬纸的乐队指挥克莱斯勒的传记，竟混杂着排印成了一本书，于是就提前出现了现代主义小说喜欢采用的两条线索平行交替的叙述形式，以及情节跳跃、错乱的荒诞手法。因此，在一定意义上，霍夫曼又可以说是西方现代主义文学的一位远祖。

总而言之，就思想、艺术特征而言，霍夫曼小说不能绝对归入上述任何主义、流派或者类型中，乃是一种过渡时期的产物，有些不伦不类，非驴非马。

然而，正因为不伦不类，就正好自成一类。正是这不伦不类，引出了后文将讲到的德国、欧美和中国接受霍夫曼的奇异事实。

在德国，在作家封建保守的祖国，霍夫曼由于思想比较开明、进步，艺术相当新颖、超前，可谓生不逢时。他不但在世时一生穷困，备受非难，才智抱负未能充分施展，而且死后和生前一样遭到忽视，正如海涅指出，德国的文学和美学报刊几乎从来不评介他，自视高雅和权威的理论家们对他更是不屑一顾，尽管普通民众男女老少都喜欢读他的作品。[①] 直到逝世半个多世纪后的19世纪末，他的价值才被文学界认识，成就才得到公认。后来，在一大批杰出的德语小说家如托马斯·曼、赫尔曼·黑塞、君特·格拉斯、克莉斯塔·沃尔夫等的创作中，特别是卡夫卡那些近乎荒诞的小说中，便时常出没着霍夫曼的影子。1983年逝世

[①] 亨利希·海涅著、张玉书译：《论浪漫派》，人民文学出版社1979年版。

的著名女小说家安娜·西格斯，1973年完成了一部小说《奇异的相逢》，说的就是霍夫曼与后世的果戈理、卡夫卡不期而遇，引为知音，在一起大谈所谓梦幻现实主义的问题。值得注意的是，西格斯所用的"梦幻现实主义"这个术语，颇能概括和反映霍夫曼小说（以及卡夫卡小说）的特点。除此之外，德国当代一些著名评论家还用"朴素的现实主义""在后期浪漫派怀中诞生的德国特殊的现实主义"等说法，来标明霍夫曼别开生面、独树一帜的创作特色，对他的研究日趋深入。

还应该提到的是，马克思、恩格斯也颇为推崇霍夫曼的创作，尤其是喜爱他的童话小说《金罐》和《侏儒查赫斯》。与此相反，他临死前写的长篇童话小说《跳蚤师傅》（未完成）却遭到反动当局的查禁，原因是抨击了普鲁士的警察制度。

和在德国的情况相比较，霍夫曼在欧美其他国家却更早、更多地受到重视，是歌德与海涅之间影响最大、译介最多的德语作家；"霍夫曼小说"一度成为一种特定的时髦文学样式的代名词，引起了一阵阵的轰动，在受过革命洗礼、开明先进的国家如法国尤其如此。这些国家的一大批小说大师，法国的如巴尔扎克、雨果、缪塞、波德莱尔，英国的如狄更斯、王尔德，俄国的如果戈理、陀思妥耶夫斯基，美国的如爱伦·坡……都从霍夫曼的创作中得到过启迪，吸收过营养。拿巴尔扎克来说，他的《驴皮记》和《长寿药水》中就不时有"幻想家霍夫曼"的幽灵出没。而爱伦·坡的所有那些怪诞可怖的幻想小说，更像是直接继承和发展了"霍夫曼小说"。从以上受霍夫曼影响的作家颇不相同的艺术倾向，又可看出他自身不伦不类、非驴非马的特点，兼容并包而又独树一帜的特点。

在欧美，霍夫曼小说的影响已超出纯文学的范畴，不断地成为戏剧、影视乃至音乐作品移植加工的题材，干脆以《霍夫曼的小说》为题名的影片就有六七种之多，歌剧作家奥芬巴赫1881年首演于巴黎的《霍夫曼的故事》，更成为一部名著。几年以前，笔者有幸听著名小提琴家克拉默尔在西柏林爱乐乐团配合下，演奏题名《霍夫曼小说中的人物》的协奏曲。曲作者是谁我已忘记，只记得风格十分现代，那自始至终破碎凌乱的旋律和绝非和谐优美的音响，当时确乎让人想起海涅说的，他的作品无异于一声长达20卷的惊呼怪叫；[①]在这叫声中，分明有着对黑暗现实的恐惧和痛苦的呻吟，有着对悲惨世界的不满和愤怒的抗议。

在我们中国，霍夫曼遭遇又如何呢？

简单地回答，他的遭遇不幸而坎坷，长期以来不是被误解，就是遭忽视。究其原因，还是不伦不类，生不逢时。

且不说他在新中国诞生前完全没人译介，在"文革"结束前的30年仍然如此，而且还受到了政治上的冤屈和株连——被曾经在苏俄被打成颓废文学团体的"谢拉皮翁兄弟"牵连，原因是这个团体借用了他的中、短篇小说集《谢拉皮翁兄弟》的名字。"文革"后，霍夫曼不再受排斥，情况有所好转：1981年，他的《斯居戴莉小姐》由老翻译家张威廉移译过来，发表在《译文丛

[①] 亨利希·海涅著、张玉书译：《论浪漫派》，人民文学出版社1979年版。

刊》中，但没引起多少注意。迟至1985—1986年，才有拙编《霍夫曼志异小说选》和韩世钟译的《雄猫穆尔的生活观》问世，同样反响不大。其实，我们研究比较文学和文学接受现象的人，本该多多关心霍夫曼才是。

还值得一提的是，当初在为他的中、短篇小说中译本拟定书名时，笔者确实是考虑到它们与蒲松龄《聊斋志异》里的那些鬼狐故事颇有些近似，因而才题为《霍夫曼志异小说选》。不想后来在读诺贝尔文学奖得主赫尔曼·黑塞的书评时，我竟惊喜地发现，黑塞早在1912年便已拿蒲松龄与霍夫曼相比，指出他们之间特别相像之处在于鬼怪都是大白天在人世间活动。霍夫曼和蒲松龄一样，也是不得已时才借精灵鬼怪写人情世态，抒发自己的情感积郁，表达自己的褒贬爱憎。[①] 从这个意义上讲，与当时在封建腐败的德国逃避现实甚至美化现实的那些作家相比，霍夫曼高明得多，着实令人敬佩。

---

① Hermann Hesse, *Eine Literaturgeschichte in Rezensionen und Aufaätzen*, hrsg. Volker Michels, suhrkamp taschenbuch 252, S. 38, Suhrkamp 1979.

胡桃夹子与鼠大王

译者引言

"胡桃夹子"这个名字很美,实际所指不过就是坚果钳,一种常见的小工具罢了。在德国,它常常被做成可爱的小人偶,化身为了有欣赏价值和装饰效果的工艺品,同时却又要完成用牙咬碎坚果的艰巨任务,所以模样通常都是孔武有力、神色威严的男性,例如骑士、兵勇、将军、国王等。这样的玩偶坚果钳,自然很受人们尤其是小孩子们的喜爱,所以几乎家家都有,在一年一度热闹非凡的圣诞市集上,卖坚果钳的小摊便这儿一家,那儿一家。

咱们中国没有这种有趣的玩意儿,但"胡桃夹子"这个名字同样家喻户晓,因为不只有柴可夫斯基的芭蕾舞剧《胡桃夹子》经常上演,还有美、英、俄、德等国拍摄的多部同名影片,在电影院和网络上供人欣赏。因此《胡桃夹子》在我国尽人皆知,也深得孩子们喜爱。

然而没有多少人知道,《胡桃夹子》原本是德国作家霍夫曼1816年创作的一篇童话小说,本名《胡桃夹子与鼠大王》。它相继被法国作家大仲马和俄国音乐家柴可夫斯基选中，改编成了芭蕾舞剧，就因为这篇小说实在好看！相比之下，芭蕾舞剧《胡桃夹子》和同名的所有电影只能算个故事梗概罢了，霍夫曼原著内容要丰富得多，精彩得多，色彩斑斓得多！

圣诞节的晚上，刚满七岁的小姑娘玛丽得到了教父送给她的礼物——一个骑士模样的胡桃夹子，令她爱不释手。当天夜里她便梦见胡桃夹子骑士指挥她的玩具铅兵，跟有七个脑袋的鼠大王率领的老鼠大军展开了一场血战。其间，在胡桃夹子身陷重围、千钧一发之际，小姑娘扔去一只鞋子，打跑了群鼠，胡桃夹子才转危为安，赢得了胜利。随后他变成一位王子，领着小玛丽进入了仙女之国，途经冰糖草地、橙子溪、柠檬江、杏奶海、姜饼村、糖果城、玫瑰湖、蜜饯堡，最后到达杏仁糖宫，两人过着甜蜜幸福的生活……

这就是大家熟知的芭蕾舞剧《胡桃夹子》的内容，我以为不妨简称其为"圣诞夜的梦"。霍夫曼的小说却没有这么简单，它不但多了一篇教父罗色美耶讲的铁核桃童话，还让现实与梦幻不断交替、穿插、重叠，人物也变来变去，例如胡桃夹子一会儿是王子，一会儿又成了玛丽教父的侄儿小罗色美耶——纽伦堡的一位钟表制作师。我已经说了，霍夫曼的原著内涵要丰富、精彩得多，情节要色彩斑斓、想象奇丽得多！让我们细细阅读、慢慢品味霍夫曼童话小说的快乐吧。

圣诞前夜

12月24日，医药局长施达包姆家的俩孩子一整天都不允许走进过厅，更别想到紧邻着的陈列室里去了。弗里茨和玛丽蜷曲着身子，蹲在窄小后屋的一个角落上；屋里已是暮色浓重，他俩跟往常一样又没带灯进来，心里很有些害怕。弗里茨悄声告诉刚满七岁的妹妹：在那些关着的房间里，从一清早他就听见不时传出叽叽喳喳、哗啦哗啦的声音，再就是噼噼啪啪敲击的声响。还有呐，不多一会儿以前，他看见一个身穿黑衣的小个子男人，腋下夹着只大盒子，蹑手蹑脚地溜过走廊去了；只是弗里茨知道，此人并非别的什么人，正是教父罗色美耶。玛丽一听乐得直拍小手，欢呼道："哇，罗色美耶教父又会给咱们做了什么好玩儿的东西啦！"

高等法院参事罗色美耶长相可真不咋地，又矮小又干瘪，脸上满是皱褶，没了右眼珠子，只得在眼眶处贴上一大块黑膏药，而且他头顶无毛，所以戴着一副白色假发，漂亮倒挺漂亮，只不过是玻璃纤维制成的，做工嘛倒也相当精湛。要说做工精湛，教父本人整个便当得起这样的赞誉：他甚至精通钟表，并且能亲手制作。所以，每当施达包姆家那些精美的时钟有哪只出了毛病，有哪只不再唱歌，罗色美耶教父准会很快赶来，摘下头顶的玻璃丝假发，脱掉身上的黄褂子，系上一条蓝色围裙，拈着尖尖的工具在钟表里这儿戳戳，那儿戳戳，戳得小玛丽直心疼，可谁知他压根儿也没伤着那只破钟表,反倒让它起死回生,马上又开始快乐地行走、敲打和唱起歌来,真个令大伙儿喜出望外。教父每次来家,总会在衣袋里为孩子们带上点好玩儿的东西:这次是个会转动眼珠和行礼的小人儿,下次是个会蹦出一只小鸟儿来的盒子,再下次又是点儿别的什么。而每当圣诞节,他总要花大力气完成一件绝顶精美的作品,也正因此,礼物送来以后,就会被父母亲异常小心地保管起来。

"嗨,真不知道罗色美耶教父这回给咱们做的会是什么好东西!"这时候玛丽高声说道。弗里茨却认为这次多半不会是别的什么,多半是座城堡,城堡里边有各式各样的士兵在雄赳赳地来回操练,随后必定又会开来另一队攻城的士兵,城堡内的士兵于是不乐意了,于是勇敢地向外开炮,弄出来一片噼里啪啦、轰隆轰隆的响声。

"不,不,"玛丽打断弗里茨,"罗色美耶教父给我讲的是一座美丽的花园,园子里有一大片湖水,一群非常可爱的天鹅在湖上游来游去,它们脖子上系着金色的领结,唱着极为悦耳动人的歌曲。随后有一个小姑娘从花园来到湖边,她把天鹅逗引到自己身旁,抛撒杏仁糖喂它们。"

"天鹅才不吃杏仁糖哩!"弗里茨有些粗鲁地插嘴,"再说罗色美耶教父也不会造整整一座花园啊。他做的玩具对咱们原本就没啥意义,每次一送来都很快给收走了,因此我更喜欢爸爸妈妈送的礼物,咱们可以细心保管起来,爱怎么玩儿就怎么玩儿。"接着兄妹俩便猜来猜去,想知道这次的圣诞礼物会是些什么。玛丽说她那个大布娃娃特鲁琴小姐完全不像样子，因为她笨得不能再笨，老是摔到地上，不摔个鼻青脸肿决不罢休，更别提那衣服有多脏了。怎么骂她，都一点儿没有用。再说妈妈不是也挺喜欢格里琴的小太阳伞，一见它就笑眯眯的吗？弗里茨意见相反，肯定地说他的厩舍里就缺一匹枣红马，就像他的军队里也缺少骑兵，这一点爸爸可是太清楚不过了。

总之，孩子们知道父母亲已经给他俩买了各式各样的漂亮礼物，正在将它们摆放到陈列室里；可他们也清楚，这时候，亲爱的小耶稣正将他慈爱、虔诚的目光投进室内，照射在那些礼物上，让它们每一件都像被施予圣恩的手触摸过一样，能让人感受到莫大的快乐和幸福。兄妹俩没完没了地继续低声猜测着，他们的姐姐路易丝却提醒他们别忘了上面提到的那个情况，并且补充说不只是耶稣基督本身，他还总是通过亲爱的父母之手，把真正能叫孩子们高兴、喜欢的礼物送给他们，因为他比孩子们自己更清楚该送些什么，所以他们不应该自个儿希望得到这得到那，而要静静地、虔诚地等待，等着给他们送来礼物。小玛丽听罢一副若有所思的样子，弗里茨却自顾自地嘀咕："我要有一匹枣红马和一名骠骑兵该多好。"

天完全黑了。弗里茨和玛丽紧紧依偎在一起，不敢说一句话；兄妹俩仿佛觉得周围有一双双翅膀在轻轻拂动，而从很远很远的地方，却飘来一阵阵无比美妙的音乐。一束亮光划过墙壁，孩子们突然明白过来，是圣婴正躺在灿烂的云朵上飞向远处——飞去别的幸福的孩子们那里。就在这一瞬间，响起了丁零丁零的铃铛声，房门便一下子打开来，一片白亮的光从大厅里涌进黑暗的后屋，孩子们禁不住大声欢呼："哇——！哇——！"人却呆呆地停在了门边。然而爸爸妈妈已经跨进门里，牵着兄妹俩的手说："快来，快来，亲爱的孩子们，快来瞧瞧耶稣基督给你们送什么礼物来啦！"

圣诞礼物

现在我干脆对你讲，我亲爱的读者或者听众——你可能叫弗里茨，叫特奥多尔，叫恩斯特或者别的什么——，请你先生动地回想一下你最近见到的那张圣诞礼品桌，那张用五光十色、丰富多彩的礼物装饰得漂亮非凡的桌子，然后你大概也就会想象出，小兄妹俩如何呆呆站在那儿，如何两眼放光，如何过了好一会儿玛丽才终于发出深深的感叹——"哇，真美！哇，真美啊！"弗里茨如何高兴得直跳；他觉得完全应该这么跳几跳。不过，孩子们必定是过去一整年都特别听话，特别虔诚，要知道，他俩可是从来没有收到过眼下这么多又漂亮又精致的礼物哟。屋子中央那棵大大的圣诞树挂满金色和银色的苹果，树上像绽放的蓓蕾和盛开的花朵似的长着杏仁糖和彩色糖果，所有枝杈上都冒出形形色色的好吃的零食。不过呢，这棵奇树上最漂亮的又莫过于它黑色的枝干间那千百颗小灯，它们像星星似的闪闪烁烁，既照亮了自身，也映射着四周，像是在对孩子们发出友好的邀请，要他们去摘取它身上那些香甜可口的花朵和果实。树周围的东西无不色彩鲜艳，赏心悦目——一切都那么美好，是啊，谁能够描写得过来呢！玛丽看见了一些极精致的布娃娃，看见了各色各样的小家什，全都簇新、洁净，其中最好看的是一条小小的、装饰着许多彩带的绸裙子，它挂在玛丽眼前的一个架子上，能让她从四面细细地观赏，玛丽呢也这么做了，她边看边发出一次接一次的惊呼："哇，真漂亮！哇，真可爱呀！——这可爱的小裙子，肯定喽，我会得到允许真正穿上它！"

这期间，弗里茨已经在桌子旁边找到那匹新的装上了辔头的枣红马，并试着骑上去围着礼品桌狂跑了三四圈。下得马来，他心想：好一匹野性的畜牲，不过没关系，我会制服它，边想边端详那一小队新的骑兵，只见他们整齐划一地穿着红色间杂着金色的漂亮军服，佩带的武器全都银光闪闪，骑着一色的白马，叫人几乎相信这些马也是纯银做的。兄妹俩终于平静了一点儿，正准备去翻那些打开了的图画书，谈论书中画的形形色色的美丽花朵，各式各样的有趣人物，是啊，还有那些正在玩耍的最最可爱的小孩，他们全都画得那么生动、自然，就像真的活着，真的在讲话一样。

是的，兄妹俩正想去欣赏这些美丽奇妙的图画书，突然铃铛又一次响了起来。他们知道，现在是教父罗色美耶来送礼物了，便朝着墙边的那张桌子跑去。长时间挡在桌子前边的雨伞迅速拿开了，孩子们一眼瞧见在一片鲜花盛开的绿色草地上，耸立着一座宏伟辉煌的宫殿，宫殿有无数镜子般明亮的窗户和金光闪耀的塔楼。随着一阵铃响，宫殿的门和窗开了，只见一些个小而精致的贵人，男的头戴羽毛帽子，女的身着拖地长裙，在厅堂中溜过来转过去。中间一座大厅挂满枝形烛台,无数的小蜡烛点燃了,整个大厅像着了火似的通红透亮,随着钟声的节奏,一群身穿小上衣小裙子的男女儿童翩翩起舞。时不时地有个身着绿大衣的男人在窗口探头探脑,他一会儿向外招手,一会儿又不知去向,样子就像罗色美耶教父本人,却比爸爸的大拇指高不了多少,他一会儿站在下面的宫门边,一会儿又踱了进去。弗里茨两手撑着礼品桌,盯住那座漂亮的宫殿,盯住那些在里边跳舞和漫步的小人儿瞧啊瞧,最后忍不住叫起来:"罗色美耶教父!让我进你的宫殿里来好吗?"——高等法院参事示意他,这完全不可能。教父是对的,因为弗里茨要进宫殿去的想法实在是愚蠢,要知道连同那些个金色的塔楼一起,宫殿整个儿还没有他本人高。弗里茨也认识到这点。他就这么一直盯着那些漫步的男女,那些跳舞的小孩,还有那个穿着绿色大衣从同一扇窗户向外张望的先生瞅了好一阵,这时罗色美耶教父终于来到门前,弗里茨一见马上不耐烦地喊道:

"罗色美耶教父,你从那边另一扇门出来好吗?"

"不行啊,亲爱的弗里茨。"高等法院参事回答。

"不行算了,"弗里茨说,"那就让那个探头探脑的绿衣人跟其他人一块儿散散步吧。"

"这也不行啊。"高等法院参事又回答。

"那就让那些孩子走下来吧,"弗里茨嚷嚷,"我想凑拢看看他们的模样。"

"唉,统统办不到,"高等法院参事不耐烦地说,"制作成了什么样子，就只能一直是什么样子。"

"真——的？"弗里茨拖长声调问，"统统都不行？听我说，罗色美耶教父，要是你那些打扮得漂漂亮亮的小东西只能在宫殿里做同样的事情，那就没多大用处，我也就不会特别在乎他们。——不，我要称赞的是我那些轻骑兵，他们服从我指挥，我要他们向前开进就向前开进，我要他们撤退就撤退，不会关在任何房子里。"说着，男孩便冲到圣诞礼品桌前，让他那支骑着白马的骑兵队往来行进，迂回曲折，变换队形，并且随心所欲地驱使他们急驰狂奔。

这时玛丽也轻脚轻手地溜掉了，她同样很快厌倦了那些在宫里漫步和跳舞的小人儿，只不过她很乖很有礼貌，不想像她哥哥弗里茨那样表现出来罢了。高等法院参事罗色美耶很有些扫兴，对兄妹俩的父母讲："娃娃不懂事，玩儿不了这么精巧的作品，我还是把我的宫殿收起来吧。"可做母亲的却走上前去，要求看一看宫殿的内部构造，看一看那巧妙灵活地驱动小偶人儿的齿轮机关。于是高等法院参事便拆开所有部件，然后再重新组装起来。拆着装着，老先生的情绪又完全好了，不经意间还送了几个玩偶给俩孩子。小偶人儿有男有女，穿着棕色衣服，脸、手和脚却都呈金色，看上去很是漂亮；制作偶人的材料为黏土，散发出阵阵胡椒饼似的甜香味儿，让弗里茨和玛丽喜不自胜。路易丝姐姐按照妈妈的心意，穿上了作为圣诞礼物收到的漂亮裙子，看上去可爱极了；可是让玛丽也穿她的新裙子，她却表示更乐意保持现在这身打扮。大伙儿也就随她的便了。

特别监护

原来呀玛丽是不想为换衣服离开礼品桌，因为她刚刚发现了一件未被留意到的东西。眼下弗里茨的轻骑兵队开走了，正在紧挨着圣诞树的地方等候检阅，一个很是有模有样的小人才露了出来；他一直谦逊地、默默无声地站在背后，好似静静地等着轮上自己受到注意。对于他的身材，可以挑剔的地方自然很多，不只是上半身太长、太粗壮，跟又短又瘦的两条细腿不怎么相称，而且脑袋也太大太大了。讲究的穿着却有许多优点，表现出这是一个富有品位和教养的人。具体讲，他穿的是一件闪着紫光的轻骑兵制服上衣，前襟上垂着缀了许多银色的流苏和纽扣，裤子同一格调，一双小靴子更是漂亮至极，完全可能是一位大学生，不，甚至是一位军官可能穿的那种。靴子套在精致的裤腿上严丝合缝，让人觉得就像是画上去的一样。这套制服确实帅气，滑稽的只是他背上却披着件窄窄的斗篷，硬挺挺的就像木头雕成的，头上还戴了顶矿工才戴的小帽子。可尽管这样，玛丽仍然想罗色美耶教父不是也披着这么件破大氅，也戴着这么顶丑帽儿，却照样是一位挺可爱的教父么。除此之外玛丽还注意到，罗色美耶教父也跟那小人儿一般精致玲珑，但还赶不上人家漂亮。所以她一见就喜欢上他了，盯着这可爱的人儿瞧了又瞧，发觉他满脸和善。他眼睛呈浅绿色，眼珠子又大又鼓，目光是那样的和气、善良。对这么个人来说，他下巴周围那一圈用雪白的棉花修剪成的络腮胡,长得可真是太好啦,让他红红的嘴唇上流露出的甜美微笑更加引人注目。

"嗨!"玛丽终于忍不住喊道,"嗨,亲爱的爸爸,挨着圣诞树那个可爱极了的小人儿,他到底给谁呀?"

"那个么,"父亲回答,"亲爱的孩子,那个应该替你们所有人好好干活儿,替你们咬开坚硬的果实,他因此既属于路易丝,也属于你和弗里茨。"说着父亲就小心翼翼地从桌上拿起小人儿,向上扳开他背后的木头斗篷,小人儿的嘴巴便张大、张大,露出来两排尖尖的白牙齿。遵照父亲的吩咐,玛丽塞了一枚坚果进他嘴里,只听咔啦一声,小人儿咬碎了坚果,果壳儿掉了下去,甜香的果核落到了玛丽手里。这下所有人也包括玛丽大概都明白了,那精致的小人儿原本是胡桃夹子家族的一员,要干的也是他家祖传的差事。玛丽高兴得欢呼起来,她的父亲便说:

"亲爱的玛丽,既然你这么喜欢这位胡桃夹子朋友,那就由你负责照料他,对他进行特别监护,尽管我也说过,路易丝和弗里茨跟你一样,同样有权使唤他!"

玛丽立刻抱起小人儿,动手让他嗑胡桃,不过尽量挑小的给他,免得他把嘴张得太大,归根到底这对他不好,是不是?路易丝姐姐凑过来跟玛丽做伴,胡桃夹子也得替她效力;他看样子很乐意似的,因为他一个劲儿地在微笑。弗里茨呢,操练和驰骋了很久,这时候已经感觉累了,听见夹胡桃的清脆响声,便一跳跳到姐妹俩面前,瞅着这滑稽的小人儿开开心心地笑了。由于弗里茨也想吃胡桃,夹子便在三人之间传来传去,不停地张开嘴咔嚓咔嚓嗑胡桃。弗里茨却总是挑最大最硬的往他嘴里塞，结果突然间——咔嚓——咔嚓……只见三颗小牙从胡桃夹子的口腔里掉了出来，小家伙的整个下巴也松了，摇晃了。

"唉呀，我亲爱的、可怜的胡桃夹子哟！"玛丽一声惊叫，同时从弗里茨手里夺走了小人儿。

"这是个大笨蛋，"弗里茨说，"想要当胡桃夹子，牙齿却不行，看样子完全不懂行啊。——把他给我，玛丽！我要让他一直咬，咬到把剩下的牙一起掉光，甚至整个的下巴。这废物活该这样。"

"不行，不行！"玛丽哭喊着，"我不给你，我亲爱的胡桃夹子哟，你只瞧瞧他怎样哀伤地瞅着我，冲我张开他受了伤的小嘴！——你可真是个狠心的人。你抽打你的那些马，甚至下命令枪毙了一个士兵！"

"非这样不行，这个你不懂，"弗里茨吼道，"可胡桃夹子不只是你的，同样是我的，快把他交给我！"

玛丽开始大声哭泣，边哭边飞快地把小伤员裹进一块手帕里。父母亲和罗色美耶教父闻声赶来。叫玛丽难过的是，教父竟站在了哥哥弗里茨一边。幸好父亲这时开了口：

"我明白说过胡桃夹子受玛丽保护，现在看见哥哥也需要他，这么一来别人就不便插嘴，只好由她全权负责喽。再说，弗里茨真叫我吃惊，竟然要求一个在值勤时受伤的士兵继续完成勤务。身为一位好军官他大概应该知道，任何时候都不能要求伤病员出勤的吧？"

弗里茨给说得很不好意思，不再管胡桃和胡桃夹子什么的了，而是悄悄溜到礼品桌的另一侧；在那里他的轻骑兵队在派出足够的哨兵之后，已经回营就寝了。这时玛丽找齐了小人儿脱落的牙齿，用从裙子上撕下的一条白绸子做绷带，把他松动的下巴给包扎了起来，随后才更加仔细地像刚才一样把他裹进手帕里；可怜的小东西脸色苍白，一副惊魂未定的样子。玛丽就像抱婴儿似的把小人儿抱在怀里，一边欣赏摆在礼物中那本新图画书里的美丽图画。罗色美耶教父大笑不止，一个劲儿问她："你怎么会这么喜欢这个小丑八怪，怎么会对他这么好？"玛丽听了比啥时候都更生气，便想起刚才一眼瞅见胡桃夹子时拿他跟罗色美耶做的比较，一本正经地说：

"亲爱的教父，谁知道你会不会也打扮成跟我可爱的小人儿一个模样呢？你不是也穿着一双同样倍儿亮的小皮靴，谁知道你看上去是不是也跟他一样漂亮啊？"

玛丽不明白，父母亲为什么听了会哈哈大笑，高等法院参事为什么会鼻子通红，再也不像刚才那样笑声朗朗。他准有自己特别的原因吧。

怪事不断

在医药局长施达包姆的起居室里，在一跨进门左手边那面宽宽的墙壁前面，立着一个高高的玻璃橱柜，柜子里珍藏着孩子们历年来收到的漂亮礼物。路易丝姐姐还很小很小的时候，父亲就请一位手艺高超的木工师傅做了这个柜子；他不只装了清亮透明的玻璃，整体设计也挺巧妙，东西存列在里边无不比拿在手里显得更耀眼，更漂亮。最顶上一格玛丽和弗里茨够不着，摆的是罗色美耶教父的艺术杰作，接下来的一格用于存放图画书，底下两格才允许玛丽和弗里茨收藏他们心爱的宝贝。玛丽总把最下边的一格布置成她那些布娃娃的住宅，上面一格则由弗里茨安排自己的部队进驻。今天情况也是如此，弗里茨把他的轻骑兵陈列在了上面，玛丽则挪了挪底下的特鲁琴小姐，把那个打扮得挺可爱的新布娃娃摆进了家具齐备的房间里，然后接受邀请和她一起吃甜食。确实是家具齐备，我说了；因为我不知道你，聚精会神地听我讲述的小姑娘玛丽，是不是也像这位小施达包姆——你已经知道她也叫玛丽来着——一样！是啊，我的意思是说，你是不是也像她一样，有一个漂亮花布面子的小沙发，几把极其可爱的小椅子，一张精致小巧的茶几，而尤其重要的是一张干净舒适的小床，好让布娃娃们睡觉休息？所有这些家具全摆在玻璃柜的角落里，旁边的柜壁甚至贴了彩色图案的糊墙纸；你可以想象，在这样一间屋子里，新来的布娃娃——玛丽当晚已就知道她叫克蕾欣小姐——必定住得很舒服。

　　夜深了，是的，已经快到半夜，罗色美耶教父早已回家，孩子们却仍旧离不开这个玻璃柜子，母亲一再提醒他们该上床去了，但是没有用。终于，弗里茨叫了一声："是啊，可怜的小伙子，"他指自己那些轻骑兵，说道，"也该休息休息了；多会儿我还在这里，就没谁哪怕只是打一打瞌睡，我知道的！"说着他就走了。玛丽却恳求母亲："真的只是一小会儿，亲爱的妈妈，求求你，让我在这儿再待一小会儿，我可还有些事要办啊，办了马上睡觉去！"

玛丽可是个又虔诚又懂事的孩子，好心的母亲才能够放心地同意她独自跟那些玩具再待一会儿。但母亲怕她被那个新布娃娃和那些漂亮的玩具给完全迷住，会忘记关玻璃柜周围亮着的灯，就自己先把它们全关了，只剩下屋子中间天花板上吊下来的那盏灯还散发着温馨柔和的亮光。"马上去睡啊，亲爱的玛丽！要不明天早上不能按时起床啦。"母亲一边走向卧室，一边大声说。

一当剩下玛丽一个人，她马上开始做那件时刻挂在心上的事；可这事她没有告诉母亲，自己也不知道为什么。她还一直抱着那个用手帕裹着的受了伤的胡桃夹子。现在她小心翼翼地把小人儿搁在桌上，轻轻轻轻地解开手帕，察看他的伤口。胡桃夹子脸色苍白，可仍冲着玛丽和蔼而又凄惨地微笑，叫她心里好生难过。"唉，可怜的小人儿，"她声音低低地说，"我哥哥弗里茨让你受苦了，别恨他呀，他也没安坏心，只是玩那些野蛮的打仗游戏玩多了，变得有些铁石心肠，可他平时还是个好孩子，这我可以向你保证。可现在我要好好照护你，直到你完全恢复健康；你的牙齿得装牢，脱了臼的肩膀得复位。可以请罗色美耶教父帮忙，他精通这些。"

然而玛丽没能讲完，因为她刚提到罗色美耶的名字，她的朋友胡桃夹子就狠狠地咧了咧嘴，眼睛里好像射出来两道绿光。正当她快表现出惊讶的一瞬，却见她一直瞅着的小人儿又满脸憨厚，冲着她发出凄惨的微笑，她一下子明白过来，是室内的灯光在穿堂风中闪烁,让小人儿的面孔变了形。"我可不是个傻丫头,这么容易被吓倒,会相信木偶能对我扮鬼脸!我可是太喜欢这个胡桃夹子了,他模样儿那么滑稽,心地那么善良,因此必须想方设法治好他呀!"说着玛丽又抱起小人儿,走过去蹲在玻璃橱柜跟前,对那个新布娃娃说:"求求你了,克蕾欣小姐,把你的小床让出来给病号胡桃夹子吧,你自己将就将就,睡在那张沙发上去吧。你想想,你身体健康,精力充沛,不然脸颊哪儿会胖嘟嘟的,哪儿会黑红黑红,再说也不是所有好看的布娃娃都有这么软的沙发睡呀。"

克蕾欣小姐浑身上下都是圣诞节的盛装打扮,模样非常气派,对玛丽的要求却显得不耐烦,因此一声不吭。"我干吗还这么客气啊!"玛丽说,同时便把布娃娃拽出床铺,随后又轻轻地把胡桃夹子放了上去,还用一条平时她系在腰间的漂亮带子把他受伤的肩膀捆扎起来,把被子一直盖到了小人儿的鼻子底下。"可不能让他留在没教养的克蕾欣这里。"她接着说,说着就把床连同躺在上面的胡桃夹子一块儿取出来,塞进上面一格,搁在了弗里茨的轻骑兵驻扎的那个美丽的村庄旁边。玛丽关好柜门,正准备回卧室里去,突然——听啊,孩子们!——突然响起一阵很轻很轻的声音,像窃窃私语,像风吹枯叶,突然从火炉后面,从椅子底下,从橱柜背后,传来一阵叽叽喳喳的响声。

这期间,墙壁上的挂钟也喘息得越来越厉害,可就是没法打点报时。玛丽抬眼望去,只见蹲在钟上那只镀金的大猫头鹰耷拉下翅膀,把整个钟面都给遮了起来,向前探出它那丑陋的、嘴壳子弯弯的脑袋。挂钟越喘越响,听上去分明是在哼唱:"呼噜噜,呼噜噜,大伙儿谁都只许轻轻打呼噜。——鼠大王他耳朵可尖呐——啵儿啵儿,噗噗——啵儿啵儿,噗噗——要唱只能给他唱这支老催眠曲——啵儿啵儿,噗噗——啵儿啵儿,噗噗——快敲响小钟,快敲响小钟,好叫鼠大王进入梦中!"紧接着,墙上的挂钟便噗嗤、噗嗤、噗嗤地打了十二下,声音低沉。——玛丽不禁毛骨悚然,吓得差点儿逃跑了,如果不是发现蹲在钟上的猫头鹰已经变了,已经变成罗色美耶教父,只见他那黄色袍子的下摆像翅膀一样从左右两侧垂了下来。玛丽于是鼓起勇气,哭兮兮地大声叫道:"罗色美耶教父,罗色美耶教父!你蹲在上面干吗?快下到我这儿来呀!别吓唬我好不好,教父你可真坏!"

谁知四周却响起疯狂的嬉笑声和呼哨声,一会儿墙壁背后又传来嘟、嘟、嘟,嘟、嘟、嘟的声音,像是有成千上万只小脚在奔跑,同时地板的缝隙里也透射出无数细小的亮光。可那并非什么亮光来着,不,而是千百只闪烁的小眼睛!玛丽发现到处都有老鼠在探头探脑,在奋力向外爬行。不多一会儿,满屋子都在噗噜噗噜地奔跑、嚯噗嚯噗地跳跃——一群一群的鼠崽奔来跑去,越聚越多,越聚越多,最后开始集合站队,就像弗里茨那些士兵开赴战场前整队一样。这情形叫玛丽觉得十分滑稽;她不像有些孩子那样天生讨厌老鼠,恐惧地眼看着即将消失,却突然一下子听见尖厉而恐怖的叫声,吓得她背脊都凉了!——啊,瞧,瞧那是什么呀!

不,千真万确,可敬的小读者弗里茨,我知道,你也像咱们智勇双全的弗里茨·施达包姆将军一样有胆量,可就算是你看见了眼下出现在玛丽眼前的景象吧,你也真的会吓跑的,我甚至相信你会飞快跳到床上,把被盖扯起来把脑袋整个儿给蒙住。

唉,可怜的玛丽连这点也办不到,因为听我说,孩子们!因为就在她脚跟前,像被巨大的地下力量驱使着,推动着,一捧捧沙子、石灰和墙壁碎渣正往上喷涌,随后便从地里冒出来七个老鼠头,每个头上都戴着一顶黄金的王冠,嘴里都发出尖厉刺耳的叫声。不一会儿,长着七个脑袋的老鼠身子也从地下钻了出来,只见那支鼠崽大军冲这戴着七顶王冠的巨大老鼠齐声欢呼了三声,便一下子迈步向前开动——轰隆轰隆,轰隆轰隆——嗵隆嗵隆,嗵隆嗵隆——,大军步伐一致地朝玻璃柜开来,朝还站在玻璃门边的玛丽开来,吓得她心怦怦直跳。她以为心就要跳出胸膛,她肯定快死了。这时候,她感觉血管里的血好像已经凝固。她昏头昏脑、跌跌撞撞地向后退去——突然听见叮叮当当、哐啷哐啷的响声,原来是她的胳膊肘撞着了橱柜的玻璃门,玻璃碎片纷纷落到地上。一瞬间她感觉到左臂剧烈刺痛,但心跳却突然平静了下来;她再听不见吱吱吱、嘶嘶嘶的叫声,四周一片死寂,尽管她没胆量细看,但相信鼠崽们已经叫玻璃破碎的叮叮当当给吓坏了,逃回到自己的洞穴里了。——可又响起来的是什么声音啊?紧贴着玛丽的后背,在玻璃橱柜里出现一阵异样的骚动,一些很纤细的嗓音开始叫喊:

"快醒醒——快醒醒——要打仗了——还深更半夜啊——快起来,快起来——快准备战斗!"

与此同时还响起了悦耳动听的铃铛声!"哈,这可是我的小风铃啊!"玛丽高兴得叫起来,一跳跳到边上,只见橱柜里边灯火通明,到处都是热火朝天,忙忙碌碌。一些个小玩偶奔来跑去,挥动着小胳膊打打杀杀。这时候胡桃夹子突然坐了起来,一伸脚蹬飞了盖在身上的被子,腾的一下跃下了床铺,双脚同时站在地上,嘴里大声叫着:

"卡塔——卡塔——卡塔——,一群老鼠傻瓜,愚蠢又疯狂的家伙,卡塔——卡塔——卡塔——,一群混账老鼠,咳里卡拉——咳里卡拉——,真正是一帮傻瓜。"说着便拔出他小小的宝剑,边舞边喊:"你们,我亲爱的下属、朋友和兄弟,你们愿意在大战中支持我吗?"

立刻便有三个牛皮匠、一名老小丑、四个烟囱清扫工、两位齐特琴师和一名鼓手高声响应:"愿意,大人——我们追随您,矢志不渝——跟着您出生入死,跟着您战斗,取得胜利!"说着便一齐冲到欣喜若狂的胡桃夹子身后,他却从玻璃柜上面一格冒险往下跳,可不是么!他们也就跟着像棉花包子似的噗、噗、噗地摔到了地上,要知道他们不止身上穿着一层层呢子或绸子衣服,身体里还塞满了棉花和碎布头呢。可怜的胡桃夹子啊,你们想象一下,他站的位置离地将近两尺高,他的身躯又偏偏是用易碎的椴木雕刻成的,这么一跳不摔断胳膊腿儿才怪呢!是的,要不是在他跳下的一瞬间,克蕾欣小姐从沙发上一跃而起,伸出柔软的臂膀将手舞宝剑的英雄接住了的话,可怜的小人儿肯定摔断了胳膊腿儿。

"啊,亲爱的、善良的克蕾欣!"玛丽抽泣着说,"我完全错怪了你,你原本是很高兴把小床让给胡桃夹子朋友的!"

这时候,身穿绸子衣服的克蕾欣小姐怀抱着咱们年轻的勇士,对他说:

"噢,先生,你带着伤病,该不会立刻上战场去冒险了吧,瞧瞧你那些勇敢的部下,他们可是一个个摩拳擦掌,满怀胜利信心,已经在下面集合好了。牛皮匠、老小丑、烟囱清扫工、齐特琴师和鼓手全在他们里边,还有我这个格子中那些身上刻着格言的面人,也都蠢蠢欲动!噢,先生,您就躺在我怀里休养生息,或者站到我的羽毛帽子上去,眺望眺望战地就好啦!"

克蕾欣这么说,胡桃夹子却极不安分,两条腿拼命地挣扎,克蕾欣只得很快把他放到了地上。他呢,一着地马上风度翩翩地往下一跪,声音低低地说:

"哦,夫人!即使在战场上的殊死搏斗中,我也将时刻铭记着您的恩情!"

克蕾欣却深深地弯下腰来,想要抓住他的胳膊将他轻轻抱起,同时迅速解下自己装饰着许多金属亮片的腰带,准备把它挂在胡桃夹子的肩上;谁知他却后退两步,用一只手扪着心口,异常庄重地说道:

"别别别,噢,夫人,请别在我身上浪费您的恩典,要知道——"他停下来,深深叹了口气,随后很快解下玛丽扎在他肩上的带子,把它按在嘴唇上吻了吻,吻完再像挂勋章似的挂在她脖子上,便勇敢地挥舞着军刀,像只小鸟似的蹦蹦跳跳越过玻璃柜子边的凸沿，落到地上去了。

高贵而可敬的听众啊，各位肯定已经发现，胡桃夹子早在他真正变活之前，已经深深体验到玛丽对自己表现的全部友善和爱意了，也仅仅因此他才对玛丽一往情深，不肯接受克蕾欣小姐赠送给他的腰带，不肯佩戴这条腰带，虽说它那么光彩夺目，那么漂亮珍贵。忠诚善良的胡桃夹子宁肯用玛丽给他的朴素带子装扮自己。

可接下来又会怎样呢？——胡桃夹子刚一落地，满屋子又咔嚓咔嚓、噼噗噼噗地响开了。瞧啊！大桌子底下已经聚集起成群成堆的老鼠，多得数都数不清，而高高在上的正是那可恶的七颗脑袋的鼠大王！——这下可怎么办啊！

生死大战

"快擂响全队进军鼓，我忠诚的鼓手兄弟！"胡桃夹子高声喊叫，鼓手立刻擂起鼓来；他擂得再棒再响不过，连玻璃柜门也跟着震动起来，发出了轰隆轰隆的声音。这时候柜子里也发出一阵咔啦咔啦的声响，玛丽发现弗里茨驻军的所有盒子匣子都一齐崩开了盖子，士兵们纷纷爬出来，跳到了柜子的最底层，在那儿集合成了武装整齐的队伍。胡桃夹子跑上跑下，喊着激励士气的口令。

"号兵在哪儿？狗东西干吗还不吹号？"他生气地吼叫，目光却很快射向那个老小丑；老家伙脸色苍白，长下巴哆哆嗦嗦，一本正经地说：

"将军，我了解您的勇气和您的经验，眼下需要总览全局，抓住有利时机——我相信您能指挥好整个骑兵队和炮队——你也用不着骑马，您有两条长腿，奔跑起来足够快的。现在就履行您的职责吧。"说着老小丑就把瘦长的手指按在嘴唇上，吹出来长长的尖厉刺耳的小号声，恰似有一百只小喇叭在一起欢快地吹奏。这时候柜子里响起了嘶嘶马鸣和嘚嘚嘚的马蹄声，瞧啊，弗里茨的重装骑兵和龙骑兵，特别是刚征召的那队装备闪亮的轻骑兵一拥而出，很快站在了房子中央的地板上。只不过在他们面前还哗啦哗啦开来了弗里茨的炮队，炮手们围在大炮四周，紧接着就嘣、嘣、嘣一阵轰鸣，玛丽看见就像是有些糖豌豆砸进了老鼠群里，砸得它们浑身像是裹上了白粉似的，非常丢人。最叫老鼠们伤脑筋的是一筒电池，它滚到了母亲踏脚的矮凳上，嘭、嘭、嘭地一个劲儿朝着鼠群发射胡椒子炮弹，把许许多多的鼠崽打翻在地。然而老鼠大军越逼越近，越逼越近，甚至已经翻越过了几尊大炮，可突然响起一阵啵儿啵儿的声音，在硝烟和尘土中玛丽简直看不清发生了什么事。可以肯定的只是敌对双方都在拼死战斗，因此也就长时间胜败难定。老鼠一方投入的军力越来越多，它们善于投掷银色的小药片，有些已经投进了玻璃柜里。克蕾欣和特鲁琴绝望地满地打转儿，还扭伤了自己的小手。

"难道要让我正直花季年华就死掉吗！——我可是最最漂亮的布娃娃啊！"克蕾欣哭喊着。

"我把自己保养得这样好，难道为的就是在这小屋子里完蛋吗?"特鲁琴大叫道。

随后她俩紧紧拥抱,放声痛哭,连战争的喧嚣也没能将她们的哭声湮没。要知道啊,尊敬的听众,你们想象不出那正在上演的是怎样一场震耳欲聋的闹剧。只听啵儿、啵儿,噗哧、噗哧——,噼啪、噼啪、嘡、嘡、嘡——,嘡、嘡、嘡、嘡——,枪炮声响成一片,其间还夹杂着鼠大王和大军咕吱咕吱的叫嚣、呐喊,接着又听见胡桃夹子发号施令的粗犷有力的喊声,看见他一往无前,大步跨过了坚守在战火中的部队!——老小丑率领骑兵一次次成功地发起进攻,赢得了无数荣誉;只可惜弗里茨的轻骑兵遭受到老鼠炮队形象丑陋的臭弹的袭击,漂亮的红制服粘上了难看的污点,因此不肯再打头阵。老小丑只好让他们向左迂回,并在兴奋激动之中一直这么下命令,也就是让重装骑兵和龙骑兵也往左转,结果骑兵全部都折回到了家里。这一来,架设在踏脚凳上那筒电池便陷入险境,一大群丑陋的鼠崽蜂拥而上,频频冲击,很快把踏脚凳连同炮兵和大炮给冲翻了。胡桃夹子将军看样子已经惊慌失措,竟下令右翼部队也往后撤。噢,我久经沙场的听众弗里茨啊,你清楚他这样的行动几乎就意味着溃败逃跑,你跟我一样几乎已在为玛丽深爱的胡桃夹子不幸战败感到悲哀!

可是别急,把你的目光从眼前的不幸场面移开去,瞧瞧胡桃夹子大军的左翼吧,那里整个儿还坚如磐石,军官和士兵都满怀希望。鏖战之中,老鼠骑兵偷偷地从五斗橱底下一群一群钻出来,刺耳地嘶叫着冲向胡桃夹子大军的左翼,可却遇到了无比顽强的抵抗!

　　由于要翻过玻璃柜子的凸沿,受到了地形的限制,那支由两位中国皇帝率领的面人军团只能慢慢向前推进,最后组成了一个四方形的阵势。——尽管这是支叫人眼花缭乱的杂牌队伍,成员形形色色,不只有许多园丁、理发匠、小丑、手持弓箭的小爱神、提罗尔人、通古斯人,还有狮子、老虎、长尾巴猴子和普通猴子,打起仗来却镇定沉着,勇敢顽强。这支精英部队凭借着自己的大无畏精神,眼看就要战胜鼠大王的军队,不料从敌人的骑兵中却冲出来一个亡命徒,一口咬掉了一位中国皇帝的脑袋,杀死了两名通古斯士兵和一只长尾猴。战线就这样被撕开一条口子,敌军乘虚而入,很快就会叫面人军团全军覆没。不过呢,敌人也没因此占到多大便宜,那嗜杀成性的鼠骑士在拦腰咬断一名勇敢的士兵时,把一张印有文字的小纸条吞进了喉咙,马上便死掉了。

　　然而这未必就能帮胡桃夹子将军赢来转机。他的部队可是一退再退,损兵折将,不幸的统帅眼看已经背靠玻璃橱柜,仅仅带领很小一批部属在坚守顽抗啦。

　　"预备队给我顶上!——老小丑——牛皮匠——鼓手——,你们都跑哪儿去了?"胡桃夹子高声叫喊,希望还能从玻璃柜子里组建一支新队伍。的的确确,从柜子里也跑来一些棕色泥娃娃,有男的,有女的,脸孔和各种款式的帽子却都是金色。可谁知这帮家伙舞弄起刀剑来这么笨啊,敌人没刺中一个,却差点儿把胡桃夹子将军的脑袋连帽子一块儿给砍下来啦。敌方的猎骑兵也很快咬掉了他们的腿,他们马上调头逃跑,顺道还误杀了胡桃夹子将军的几名弟兄。这一下将军便陷入敌人的重重包围,情况可怕和危急到了极点。他本想跃过玻璃柜子的凸沿,无奈腿却太短了;克蕾欣和特鲁琴已晕倒在地上,无法再助他一臂之力。他见一些轻骑兵和龙骑兵身手矫健地从他身边奔过,逃进了柜子里,于是绝望地高声喊叫:

"给我一匹马——给我一匹马——,我用一个王国换一匹马!"[①]

这当口儿,敌军的两名骑兵抓住他的木制斗篷,得意洋洋地狂呼乱叫着,奔到了鼠大王跟前。玛丽再也控制不住自己。"我可怜的胡桃夹子!我可怜的胡桃夹子!"她哭喊着,也不清楚自己在做什么,就一把抓起左脚的鞋子来狠狠掷向那一大群老鼠,掷中了它们那个长着七个脑袋的鼠大王。

一眨眼间,一切似乎都烟消云散,都不知去向,可玛丽的左臂却感觉到一阵更加剧烈的刺痛,倒在地上便晕过去了。

玛丽病倒在床

玛丽从沉沉的昏睡中醒来,发现她躺在自己的小床上,耀眼的阳光已透过结冰的玻璃窗照进了屋子里。她发现身边坐着一个陌生男人,可很快便认出此人是温得施特恩大夫。只听大夫低声

---

① 这原本是莎士比亚戏剧《理查三世》里的一句台词,被作者霍夫曼调侃地借用在了这里。——脚注为译者注,以下不再标注。

地说:"哦,她醒了!"母亲听了赶紧过来,两眼凝视着小女儿,目光中充满着担忧。

"唉,亲爱的妈妈,"小玛丽声音纤细得像耳语,"丑陋的老鼠全跑了吗?善良的胡桃夹子得救了吗?"

"别净说傻话,亲爱的玛丽,"母亲回答,"那些老鼠跟胡桃夹子有什么关系?你这个坏娃娃,可把我们大家给吓坏了,让我们担心得要命。瞧嘛,小孩子任性,不听爸妈的话,就这个结果。昨天晚上你跟你那些布娃娃玩儿到了深夜,困得来打瞌睡了,可能被一只跳到身边的老鼠给吓着了;可是平时这屋子里却没有老鼠呀。反正你的胳膊撞破了柜子的玻璃,给自己重重地划了一道口子,温得施特恩大夫刚刚才把仍然插在伤口里的玻璃片儿给拈出来,说你划破了一条血管,即使不会因为流血过多死掉,也有可能落下一条残疾胳膊啊。感谢上帝,我半夜醒了过来,发现这么晚你还没回房间,便跑进了起居室。一看你昏倒在了玻璃橱柜旁边的地上,流了许多许多血。我差点儿也给吓晕过去。见你不省人事地躺在那儿,四周满地扔着弗里茨的铅兵和其他玩偶,还有身上刻着格言的面人儿和胡椒饼娃娃也摔碎了;胡桃夹子躺在你流血的胳膊上,离你不远处撂着你左脚的鞋子。"

"唉,好妈妈,好妈妈,"玛丽抢过话头,"你瞧见了,这就是玩偶大战老鼠军团留下的痕迹啊;可怜的胡桃夹子当时正指挥玩偶大军作战,却险些让老鼠军队给俘虏了去,把我吓得要死。我急忙抓起鞋子掷进鼠群,后面就啥也不知道了。"

温得施特恩大夫对母亲使了个眼色,她便温柔地对玛丽说:

"好啦，亲爱的宝贝儿！——放心吧，老鼠全跑了，胡桃夹子站在玻璃柜子里，健健康康，快快乐乐的。"

这时候，医药局长施达包姆走了进来，跟温得施特恩大夫说了很久的话，随后他摸了摸女儿的脉搏，玛丽似乎听见他们还提到了破伤风什么的。一连许多天，她不得不卧床休养，还得吃药，尽管她除了胳膊有些痛，但并不感觉病了和身体不舒服。她知道胡桃夹子已经从战地安全脱险，有几次还梦见他清清楚楚对她讲，虽然声音有些个惨兮兮的："玛丽小姐，最最珍贵的小姐，我欠您许多恩情，可您还可以为我做更多更多！"玛丽思来想去也想不明白，她到底还能为那小人儿做什么事。她胳膊疼痛，根本没法儿好好玩儿，想要读书或者翻翻图画书吧，眼前也奇怪地直冒金星，便只好算了。她这样子肯定感觉时间挺漫长，因此总急切地盼着黄昏到来，随后妈妈便会坐到她的床边，给她讲述或者朗读许多许多美丽的童话故事。眼下母亲刚好讲完法卡丁王子的精彩故事，卧室门就开了，只见罗色美耶教父进来了，嘴里念叨着："咱们真得亲眼瞧瞧，瞧瞧小玛丽病得怎么样，伤得怎么样。"

一见穿着黄褂子的罗色美耶教父，玛丽眼前立刻出现那天夜里胡桃夹子被鼠大王战败的生动情景，情不自禁地冲着这位高等法院参事喊道：

"罗色美耶教父啊，你可真丑啊，我瞧见你坐在壁钟上，翅膀垂下来盖住了钟面，让钟没法敲响，免得吓跑了那帮老鼠——我还听见你对鼠大王喊话！——你为什么不来帮助胡桃夹子，为什么不来帮我？你这丑陋的罗色美耶教父！害得我受了伤，不得不躺在床上休养，一切不是都怪你，都怪你吗？"

母亲大吃一惊，问："你到底怎么啦，亲爱的玛丽？"

谁料罗色美耶教父却扮了个奇怪的鬼脸，嗓音沙哑而又单调地念念有词：

"沙啦沙啦，滴滴答答——就是打不了点喽——叫钟也白搭——一个劲儿沙啦啦嘶叫——破钟轻轻嘶叫——只有铃铛响声洪亮——叮当叮当，哐当哐当——布娃娃妹妹不要害怕！——铃铛敲响了，赶跑了鼠大王，飞来了猫头鹰，翅膀扇得噼噼啪啪——铃铛摇得当啷当啷——壁钟沙啦沙啦——只会沙啦沙啦，噼里啪啦——就是打不响！"

玛丽瞪大双眼呆呆地望着教父，因为他完全变了样，看上去比平时更加丑陋，而且右边手臂还挥来打去，活像是个提线木偶。如果母亲不在身边，如果不是弗里茨溜了进来，哈哈大笑，终于打断了教父的表演，面对这样一位教父，玛丽真可能要被吓坏了。

"嗨，罗色美耶教父，"弗里茨叫道，"今儿个你又好笑得要死，举动完全像我那个早给扔到了火炉背后的提线木偶。"

母亲仍然一脸严肃，说："亲爱的高等法院参事先生，您难道不认为，您这样开玩笑实在稀罕？"

"我的天啊！"罗色美耶笑着回答，"您未必忘记了我悦耳动人的《钟表匠之歌》吧？对玛丽这样的病人，我总是要唱这支歌的。"说着，他飞快坐到玛丽的床边上，说："别生气，别怪我没有立刻把老鼠王的十四只眼睛统统给挖出来，我可不能这样做啊，不过作为补偿，我要送你另外一份惊喜。"

教父一边说着，一边把手伸进自己的衣袋，小心翼翼地掏出玛丽的那个胡桃夹子。他已经很在行地给小人儿装牢崩掉的牙齿，合拢了脱臼的下巴。玛丽高兴得又叫又跳，母亲却微笑着说：

"瞧见了吧，罗色美耶教父对你的胡桃夹子多好！"

"你可不能不承认，玛丽，"教父打断了母亲，说，"你可不能不承认，胡桃夹子身体发育得不够好，脸长得也不能说漂亮。他的家族怎么会生得这样丑陋，怎么会有这样的遗传？如果你愿意听的话，我愿意讲给你听。或者，你也许已经知道芘尔丽帕公主的故事，已经知道鼠巫婆毛瑟舍克和那位钟表制作大师的故事？"

"我说，"这时弗里茨冷不丁地插话进来，"我说，罗色美耶教父，你已经给胡桃夹子把牙齿装好了，他的下巴也不再摇晃，可是他缺少一把指挥刀，你为什么不给他挂上佩剑呢？"

"唉，"高等法院参事很不耐烦地回答，"弗里茨，你小子总是不满，总是挑刺！胡桃夹子的佩剑跟我有啥关系，我把他的身体治好了，佩剑嘛他想上哪儿找，就上哪儿找去。"

"说得也对，"弗里茨大声回答，"他要是个好样儿的，就一定知道去哪儿给自己弄把宝剑。"

"我说玛丽，"高等法院参事继续讲，"告诉我，你知不知道芘尔丽帕公主的故事。"

"不知道，"玛丽回答，"讲啊，亲爱的罗色美耶教父，快讲啊！"

"我希望,"玛丽的妈妈接过话头,说道,"我希望,亲爱的高等法院参事先生,你这次的故事不会太可怕,像你通常讲的那样。"

"绝对不会,最最尊贵的医药局长夫人,"罗色美耶回答,"恰恰相反,我今儿个有幸给诸位讲的故事,将非常非常好笑。"

"快讲啊,快讲啊,亲爱的教父!"俩孩子齐声喊。于是,高等法院参事开始讲——

铁核桃童话

芘尔丽帕的母亲是位国王的妻子,也就是一位王后,所以芘尔丽帕本人一生下来就成了公主。瞅着躺在摇篮里的可爱小女儿,国王喜不自胜,手舞足蹈,一次又一次地大声欢呼:

"哈哈!有谁见过比我的小芘尔丽帕更漂亮的孩子?"

"没有,绝对没有!"所有的大臣、将军、总长、参谋长也一起欢呼雀跃,跟他们的国君一样。

确实无法否认啊,自从有世界存在,的确没有诞生过比芘尔丽帕公主更好看的孩子。她娇嫩的脸蛋儿白里透红,白似百合,红如玫瑰;她的黑眼睛闪闪发亮,如同两颗晶莹的钻石;加上满头卷曲的金发,使小公主越发秀丽可人。除此之外,她还生有两排珍珠般光洁的小牙齿。在她诞生两小时后,帝国宰相凑拢来想细细端详小公主的相貌,不想她却用这副牙齿咬了他的手指头一口,痛得他高声大叫:"嗷,我的手!"

其他人却没听清楚，说宰相叫的是："噢，真聪明！"而时至今日，这个说法仍众口一词，广为传颂。长话短说，芘尔丽帕真的咬了宰相的手指头，于是兴奋异常的国人便确信，芘尔丽帕公主不仅如天使般美丽，小小的身躯里还潜藏着智慧、情感和理性。

话说举国上下一片欢腾，只有王后一个人惊恐不安，忧心忡忡，谁也不知道为什么。格外引人注意的是，她对芘尔丽帕的摇篮安排了特别严格的守护。除了门外有两名卫兵把守，摇篮边上总是守着两个保姆，每天夜里还得有另外六名侍女坐在室内的各个角落。但尤其怪异也没人能理解的是，这六名女守护每人都必须在怀里抱一只公猫，而且还得通夜不断地挠猫的痒痒，迫使它们一直保持着警觉。不可能啊，亲爱的孩子们，你们不可能猜到，芘尔丽帕的母亲干吗采取所有这些措施；不过我知道，我这就给你们讲——

从前有一天，芘尔丽帕的父王在宫里举行集会，有许多尊贵的国王和英俊的王子出席，场面豪华，气氛热烈，进行了一场场骑士比武，演了一出又一出戏剧，办了一个又一个舞会。国王要炫耀自己的富有，决定大把大把地花费国库里的金子银子，让来宾们好好开开眼界。他于是降旨大摆香肠宴，因为在此之前他得到厨师长密报，宫廷星象师宣称宰杀牲口的时辰已经到了。国王兴冲冲跳上马车，亲自邀请所有的国君和王子一同来赴宴喝汤，享受那佳肴美味将会带给他们的惊喜。这时候他和蔼可亲地对王后说：

"我的宝贝儿，你非常了解，我多么爱吃香肠哦！"

王后心知肚明，丈夫的意思无外乎就是要她做那件事，那件她以前已做过多次的事，也就是亲自下厨替他煮香肠罢了。为此国库总监立马送进厨房一口煮香肠的黄金大锅和几只银制的平底煎锅；炉子里用檀香木生起熊熊大火，王后系上了一条缎子围裙，大锅里很快便散发出炖香肠汤扑鼻的香味，一直飘进了议事厅里，国王心花怒放，胃口大开，再也忍耐不住。"失陪了，各位！"他一边喊一边冲向厨房，拥抱了一下王后便抓起一把大金勺子在锅里搅了搅，然后才安静下来，不慌不忙地回到议事厅。这时候厨娘们正好在把肥肉切成小方丁，准备放进银制的平底锅里爆炒。厨娘们全都退出了厨房，出于对王夫的眷爱和敬畏，王后要独自完成这一烹饪程序。然而，就在那肥肉开始在锅里噼噼啪啪爆响的瞬间，她听见一丁点儿吱儿吱儿的声音：

"大姐，也给我一点儿煎肥肉吧！——我也想吃啊，我也是位王后——给我一点儿煎肥肉！"

王后知道说话的是鼠大王的老婆。这鼠婆子住在王宫里已经好多年了。她自称是国王一家的亲戚，说自己是老鼠王国的王后，因此也在灶台底下建立了一个庞大的朝廷。王后为人和蔼善良，虽说并不承认这鼠婆子也是位王后，是自己的姐妹，平素却仍叫她鼠太太，并从心眼儿里乐意让她也参加节日的宴会。

"出来吧，鼠太太，"王后喊道，"请只管来享用我的煎肉！"

话音未落，鼠婆子已经欢天喜地地钻出来，一跃跳到了灶台上，用小爪子抓过王后放到她跟前的一小块煎肥肉便啃，啃完一块又一块。可是糟了，鼠婆子的表兄表妹侄儿侄女一转眼都跳了出来，甚至还有她那七个特别调皮捣蛋的儿子，小家伙们竟在煎肉上打滚翻跟斗，吓得王后急忙制止，然而已经来不及了。幸好有一个厨娘过来帮忙，赶跑了一伙不像话的客人，好歹还留下了一些煎肥肉。这些个肥肉丁，按照奉命专程赶来的宫廷数学家的指点，被一点一点精确地分放到了所有的香肠上。

霎时间乐声震天，鼓号齐鸣，所有来做客的国王和王子全都身着光彩夺目的节日盛装，有的骑着白色骏马，有的乘着水晶马车，赴香肠宴来了。国王亲切友好地接待宾客。作为东道主和一国之君，他头戴王冠，手持权杖，在长桌的顶端落了座。谁知刚刚端上猪肝肠，大伙儿就发现主人脸色越来越苍白，两眼翻起来冲着天，还从胸中轻轻吐出一声叹息——看样子啊，他正忍受着钻心的疼痛！等到上猪血肠，他已经瘫倒在扶手椅里大声抽泣，两手蒙住面孔，又是喊叫又是呻吟。——在座所有人都从席上站立起来，御医匆匆赶来为不幸的国王诊脉，可是没有用，一阵莫名的、深沉的痛楚像是正在将他撕裂。终于，终于经过了长时间的劝慰，采取了许多强有力的措施，比如按照民间疗法焚烧羽毛熏烤患者什么的，国王才像缓过了一点儿气来，声音低得几乎听不见地喃喃道：

"肥肉太少啦！"

王后一听绝望地跪倒在他脚下，哭诉说：

"我可怜而不幸的夫君哟！——您不得不忍受怎样的痛苦啊！——瞧瞧这跪在您脚下的罪人吧，惩罚她吧，狠狠惩罚她吧！——唉，鼠王的老婆和她那七个息子还有表兄表妹、侄儿侄女,是她们把肥肉吃光了,害得……"说着她往后一倒,晕过去了。

国王气得跳起老高,大声喝道:

"大厨娘,怎么搞的嘛!"

大厨娘一五一十地把知道的全都说了,国王于是决定找老鼠婆子毛瑟吝克及其家族算账;这帮混蛋竟把他香肠上的肥肉全吃掉了!随即便召开枢密国务会议,作出了审判毛瑟吝克太太、没收她全部财产的决议。可是国王却认为,这样处理,结果是她仍有可能吃掉他的肥肉,于是整个案子就转到了宫廷钟表制作师和神秘学家手里。此人与我同名,也叫克里斯蒂安·埃利亚斯·罗色美耶;他向国王保证,要凭借自己的智慧发动一场战争,把毛瑟吝克家族永远逐出宫去。罗色美耶真的造了一些很小很精巧的机关,在里面的线头上拴上一小块一小块的煎肥肉,然后把机关安放在了贪嘴的鼠婆子的住宅周围。可毛瑟吝克那老婆子太狡诈,不会识不破罗色美耶的伎俩,只不过呢她再怎么警告,再怎么防范都没有一点儿用:那煎肥肉的香味太甜美啦,她的七个儿子和许许多多的表兄表妹、侄儿侄女全钻进了罗色美耶的机关,一伸嘴咬那肥肉就掉下来一道铁闸门,把他们统统关在了里面,然后便就地正法,一个个可耻地被处死在了厨房里。

鼠婆子毛瑟吝克领着劫后余生的一小群儿孙离开了可怕的地方。她气恼又绝望,胸中充满着仇恨。这时王宫里却一片欢腾,只有王后一个人忧心忡忡,因为她了解毛瑟吝克的脾性,知道她绝不会让自己的儿子和亲属白白送命。事实上王后刚才为自己的王夫烧好一盆他爱吃的猪肺汤,母老鼠毛瑟吝克就出现了,她威胁说：

"我的儿子、我的表兄妹和侄儿侄女被你们打死了——王后你给我小心，看我这鼠国的王后不把你的小王子咬成两半！——你给我小心了！"说完，她一溜烟不知去向。王后怕得要命，竟不小心把汤倒进了火里。就这样，鼠婆子毛瑟吝克再一次毁了国王心爱的美味，他因此大动肝火。

喏，今天晚上就讲这么多，下次继续吧。——

玛丽一边听，一边产生了一些独特的想法；可不管她怎么求罗色美耶教父接着往下讲，他都不为所动，而是一跃而起，回答道：

"一次太多有损健康，明儿个继续吧。"

高等法院参事正要跨出房门，弗里茨却问：

"可您说说，罗色美耶教父，那抓老鼠的机关真是您发明的吗？"

"怎么问这么傻的问题！"母亲大声呵斥儿子。

高等法院参事神色蹊跷地微微一笑，轻声细语地回答：

"我难道不是制作钟表的行家，竟想不出那么个关老鼠的破笼子！"

铁核桃童话（续）

"喏，孩子们，你们知道了，"第二天晚上，罗色美耶教父继续讲——

喏，孩子们，你们现在知道了，王后为什么那么细心地保护自己的小女儿，保护那美得出奇的芘尔丽帕公主。难道她能不怕鼠婆子毛瑟吝克说到做到，真的再来咬死小公主吗？毛瑟吝克老婆子老奸巨猾，罗色美耶的捕鼠机关压根儿奈何她不得；只有宫里的星象家兼枢密占卜师说他知道，能制止毛瑟吝克靠近摇篮的唯有公猫噬奴儿家族。所以嘛，那些宫女每人的怀里都抱着一只噬奴儿家的儿子；除了摇篮周围，宫里到处布置着这样的秘密护卫，她们一个个手指柔软又灵巧。想必是挠得原本在辛苦执勤的猫崽一个个怪惬意，怪舒服。

一天半夜，两名女枢密护卫坐在摇篮紧跟前值班，其中一名突然从沉睡中惊醒。——四周一切全堕入了梦乡——没有一点儿猫崽喷鼻的呼噜声——屋里一片死寂，只听见一丝好像是蠹虫啃木头的窸窸窣窣声！——可是枢密女护卫几乎吓掉了魂儿，她看见眼前有一只用后腿立着的大耗子，样子异常丑陋，已经把它那可怕的脑袋伸到了小公主的脸上。女护卫惊叫一声跳了起来，所有人全都醒了，可转瞬间毛瑟吝克——俯身在芘尔丽帕摇篮上的正是她，正是这只大母老鼠！——已经窜向屋角。护卫们一起追赶过去，可惜已经太迟啦——毛瑟吝克消失在了室内的一条地板缝隙里。小芘尔丽帕被吵醒了，可怜巴巴地哭了起来。

"谢天谢地，"护卫们齐声欢呼，"她活着呐！"然而，她们一瞅小公主，看见原本嫩乎乎的可爱婴儿变成了什么样子，又差点儿没给吓死过去：她那天使般的小脑瓜不再是满头金色卷发，皮肤不再白里透红，而是在蜷缩伛偻的小身躯上蹲着颗大脑袋，怪模怪样的；黑钻石一样亮晶晶的眼睛不见了，而是鼓凸着两只绿色的金鱼眼，目光呆滞；嘴巴也大得出奇，从这只耳朵叉开到了那只耳朵。王后悲痛欲绝，哭得死去活来。国王的书房不得不蒙上厚厚的棉垫，因为他一次一次地拿脑袋冲撞墙壁，同时高声哀嚎："我真是个不幸的君王啊！"他尽管心里明白，自己本可以满足于吃不加肥肉的香肠，不应该去招惹躲在炉灶底下的毛瑟咯克家族，可作为苊尔丽帕的父王，他不肯这么想，而是把所有的过错和罪责一股脑儿推给罗色美耶，推到了那位来自纽伦堡的宫廷钟表制作师和神秘学家身上。因此他颁了一道御旨：四个礼拜之内，罗色美耶必须把苊尔丽帕公主变回原来的模样，或者至少是说出一个切实可行的办法来完成此事，否则他会死得很惨，脖子会在断头台上被刽子手的斧头砍下来。

　　罗色美耶吓得要命，不过他仍相信自己的技艺和运气。他很快就走出了在他看来是有用的第一步。他灵巧地将苊尔丽帕拆卸开，卸掉了她的小手小脚，随即仔仔细细观察她的内部构造，但却遗憾地发现，随着发育成长，公主会越发丑陋，越发畸形。罗色美耶无计可施，不知该怎么办才好，只得小心翼翼地把公主重新组装起来。他奉命不得离开公主，便坐在她摇篮边上伤心难过。

　　转眼到了第四个礼拜——是的，甚至已经是礼拜三，这时国王来视察，眼睛闪着凶光，手上挥舞着权杖厉声道：

　　"克里斯蒂安·埃利亚斯·罗色美耶，你要么治好公主，要么给我死！"

罗色美耶痛哭失声，芘尔丽帕小公主却在高高兴兴地咬胡桃。这时他第一次注意到芘尔丽帕非常爱吃胡桃，并且发现她一出生就长着小牙齿这个情况。事实是她被变丑以后曾长时间哭叫，直到偶然间有一颗胡桃落在了她面前，她立刻用嘴咬开壳，吃掉果仁，随即便不哭不闹了。自此以后，女护卫们就别无选择，只知道给她胡桃吃。

"神奇的自然啊，怜悯众生的永远神秘难解的造化啊，"罗色美耶激动地喊道："你给我指点了迷津，我即将去敲开那扇通向秘密的门，它会对我打开的！"

接着他获得恩准跟宫廷星象师谈话，在卫兵押送下去到了星象师那儿。他俩原本是亲密的朋友，一见面就抱头痛哭，随后才退到一间密室里，在室内查阅了一本一本的书，一本一本论述直觉、同情、反感以及其他神秘莫测现象的书。天晚了，宫廷星象师便仰望星空，在同样也精通天象的罗色美耶帮助下确认芘尔丽帕公主所属的星座。这是一件很艰难的事情，因为缠绕在一起的线条越来越复杂，可是终于——多么可喜可贺啊，他们终于看清楚，要解除把芘尔丽帕公主变丑的魔法，要使她恢复从前的美丽容颜，没有别的法子，只能让她吃咔啦咔啦胡桃的桃仁。可咔啦咔啦胡桃的壳硬得要命，一门四十八磅的大炮从上面碾过，壳也不会碎。这硬壳只能由一个从来不刮胡子，也从没穿过靴子的男人当着公主的面咬开，然后再由他闭着眼睛把胡桃仁递给公主。这个年轻人只有后退七步而不磕磕绊绊，才允许重新睁开眼睛。

罗色美耶和星象师一起不停地工作，干了整整三天三夜。他原本在礼拜天早上就要人头落地了，礼拜六中午却欢天喜地地冲进宫去，冲到了正坐在那里享用午餐的国王跟前，向国王宣告他已经找到了恢复芘尔丽帕公主美貌的法子。国王激动而热烈地拥抱了他，答应赐给他一把镶钻石的腰刀、四枚勋章和两套节假日穿的礼服。

"一吃完饭，"国王和蔼可亲地补充说，"一吃完饭就去办，亲爱的神秘学家，你负责去传唤那个从不刮胡子、从不穿靴子的青年，让他拿着咔啦咔啦胡桃听候命令，叫他在此之前一点儿酒都别喝，免得在后退七步时跟只虾米似的踉踉跄跄；完事以后他可以喝个痛快！"

听完国王的话，罗色美耶惊慌失措，也来不及哆嗦和犹豫，便结结巴巴地说出了实情：办法是找到了，可那两个东西，就是咔啦咔啦胡桃和咬胡桃的年轻人，都还得先去寻找；而且这个胡桃和这个咬胡桃的人是否能找着，还不一定呢。国王一听勃然大怒，抓着权杖在脑袋上猛挥，发出了雄狮咆哮般的怒吼：

"那就砍掉你脑袋！"

罗色美耶给吓掉了魂儿，只是他运气还算好，国王今天午餐吃得很痛快，因此也很开心，才听进了他合情合理的申述。加之仁慈善良的王后被罗色美耶的遭遇感动了，完全赞同这些申述。只听他最后鼓足勇气说道，他的任务原本可只是找到医治公主的办法，现在任务已经完成了，也就赢得了活下去的权利不是。国王骂他狡辩，骂他胡说，但在喝下一瓶胃舒水之后，终于还是作出决断，命令钟表制作师和星象师立马出发，口袋里不装着咔啦咔啦胡桃不得回来。至于那个咬胡桃的年轻人呢，遵照王后建议，将通过在国内外的报刊和学术杂志上反复刊登通告，实行公开招聘。——

讲到这里，高等法院参事又停住了；他答应明天晚上全部讲完。

铁核桃童话（结尾）

第二天晚上刚刚点上灯，罗色美耶教父真的又来了，并且开始讲。——

罗色美耶和宫廷星象师踏上旅途已经十五年，却压根儿没找到咔啦咔啦胡桃的线索。他俩到了哪些地方，在这些地方遇见了怎样稀罕、奇异的人和事，要我讲给你们听，孩子们，那我可得讲整整四个礼拜，所以也就不讲啦。我要告诉你们，罗色美耶陷入深深的苦恼中不能自拔，到头来却对自己心爱的故乡纽伦堡产生了强烈的思念。当时他正跟自己的朋友走在亚洲的一座大森林里，嘴上吸着一袋叶子烟，一股强烈的思乡之情油然而生，十分奇怪地涌上了心头。

"哦，我美丽——美丽的故乡纽伦堡哦——可爱而迷人的城市，见不到你，即使我身在伦敦、巴黎、圣彼得堡，心里也不会欢畅，必定会时时刻刻想念你，哦，纽伦堡，迷人的城市，你漂亮的房舍有好多好多窗户啊！"①

罗色美耶这么诉说着思乡的哀痛，叫宫廷星象师感同身受，也跟着使劲哀嚎起来，差点儿没让亚洲大陆远远近近都听见他俩的哭声。可最后星象师控制住了自己，边擦去眼里的泪水，边问罗色美耶：

"我尊敬的同事啊，可咱俩干吗坐在这里号哭？为什么咱们不到纽伦堡去？在哪儿寻找可恶的咔啦咔啦胡桃不都一个样吗？"

"说的是呀！"罗色美耶宽下心来回应道。

两人立即站起身来，磕干净了烟袋锅，一口气走出亚洲中部的森林，径直向纽伦堡奔去。一进城，罗色美耶立即去找他的堂兄克里斯托弗·查哈里阿斯·罗色美耶；这个堂兄是一位车制木偶的师傅兼漆匠和金匠，他已经许多许多年不见他了。接着，钟表制作师罗色美耶一五一十地对木偶制作师堂兄讲了芘尔丽帕公主的故事，以及老鼠婆子毛瑟吝克和咔啦咔啦胡桃的故事，听得他不住地拍手惊呼：

"老弟哟，老弟哟，真有这么稀奇古怪的事不成！"

接着，罗色美耶继续讲他在环球旅行中的一次次历险，讲他怎样在枣子国王的宫里滞留了两年，怎样被杏仁侯爵粗暴地逐出了领地，怎样在松鼠之家的自然研究会里多方求教却一无所获，简单讲吧，到处碰壁，到处失败，结果连咔啦咔啦胡桃的一点儿

---

① 纽伦堡是德国南部的一座大城市，17世纪已经有发达的手工业，所制作的木偶闻名全欧洲，至今每年的圣诞市场还为人向往。

影子也没见着。在他这么讲述的时候，他堂兄不时地弹一下手指头——做金鸡独立似的转体动作——唧儿唧儿地咂舌头，最后喊出了声："嗯，嗯，哎，哎——真见鬼！"

终于，他把帽子和假发一起抛到空中，激动地拥抱着堂弟喊道：

"兄弟——兄弟！你有救了，我说。只要我不是完全受骗上当了的话，那我自己便拥有咔啦咔啦胡桃！"说着就拿来一个盒子，从盒中取出了一颗不大不小的镀金胡桃。"瞧吧，"他一边向堂弟展示胡桃，一边说，"瞧吧，这颗胡桃发生了下面的故事：许多许多年以前，在过圣诞节的时候，有个外乡农民扛着满满一袋胡桃来城里卖。刚好在我的木偶铺前，他跟人发生了争执，一个本地胡桃小贩不肯容忍外乡人来城里卖胡桃，便攻击他。为了更好地自卫，他把袋子放到了地上。就在这时，一辆装载得很重的马车碾过口袋，所有胡桃都压碎了，唯有一颗没有。这颗胡桃，后来外乡人笑嘻嘻地要卖给我，要价是一枚1720年铸造的20塔勒的银元。真是怪了，我在衣袋里刚好摸到这样一枚外乡人想要的银元，便买下胡桃，给它镀上了金，自己也不清楚干吗要为这枚胡桃出这样的大价钱，后来又这么珍惜它。"

赶快请来了宫廷星象师。他刮干净胡桃上的金膜，发现胡桃壳上刻着一串很像中国象形字的词：咔啦咔啦！如此一来，罗色美耶对堂兄的胡桃真是自己找的咔啦咔啦胡桃的怀疑，全都烟消云散了。

两位远方来客高兴得直跳，主人堂兄则成了天底下最幸福的人；因为罗色美耶向他保证，他除了将享有一份可观的养老金，还会免费获得干所有镀金活儿用的金子。钟表制作师和星象师二人已经戴上睡帽，准备上床睡觉去了，星象师却突然叫了起来：

"我说亲爱的同事啊，幸运从来都不独来独往——你信不信，不只是咔啦咔啦胡桃，还有那个咬开胡桃把恢复美貌的胡桃仁递给公主的年轻人，也让咱们给找到了！我指的不是别人，正是你堂兄的儿子！——不不不，我不想睡觉，"他兴奋地往下讲，"而是想就在今天夜里，把年轻人所属的星座给查找出来！"

说着他已摘下睡帽，开始观察星象。

堂兄的儿子事实上真是个身材魁梧、性情和蔼的小年轻，他还从来没有刮过胡须，也从来没有穿过靴子。虽然早先的几个圣诞节，他还只是个摇摇晃晃的弹簧木偶，可经过父亲的悉心调教培养，现在已经丝毫看不出来了。在过圣诞节的日子里，他身穿漂漂亮亮的绣金红褂子，腰悬佩剑，胳膊肘夹着帽子，头戴束发袋，发型十分时髦。他容光焕发地站在父亲的店铺里，殷勤而自然地替年轻小姐们嗑胡桃，因此她们就送他一个雅号——嗑胡桃的小人儿。

第二天清晨，星象师兴高采烈地一把搂住罗色美耶的脖子，叫道：

"是他是他，就是他，咱们找到他啦！不过有两件事，亲爱的朋友，咱们不能忽略：一是你得给你杰出的侄儿编一条结结实实的木辫子，让它跟下巴紧密衔接在一起，以便下巴能受到有力的牵引；二是回到宫里以后咱们还得保持沉默，绝口不提这就已经把咬咔啦咔啦胡桃的年轻人带回去了，而讲还需要长时间地寻找。我从星象上读出，国王眼看着许多人嗑掉了牙齿仍失败而去，才会悬赏征募咬开铁核桃帮公主恢复美貌的人，许诺把公主嫁给他，让他继承王位。"

得知自己的小儿子要娶芘尔丽帕公主，成为驸马、继承王位，车制木偶的堂兄心满意足，便把儿子完全送给了宫里来的人。还有罗色美耶替自己前程远大的侄儿装的那条木辫子，也完全成功，试着咬了一些坚硬无比的铁核桃，也是一嗑就开，战果辉煌。

罗色美耶和星象师当即报告宫里，已经找到了咔啦咔啦胡桃。宫里也立刻发出通告，征召嗑得开硬胡桃的能人。两位远行者带着恢复美貌的灵丹妙药还未到家，宫里就已经聚集了许多英俊人物，其中不乏王子王孙，全相信自己生了一口铁齿钢牙，愿意来帮助解除公主所遭受的巫术。两位归来者再见到公主时吓了一跳：她身躯更矮小，手脚更纤细，几乎已撑不起怪模怪样的大脑袋了；嘴和下巴周围还多长出了一圈棉花似的白胡子，使面孔变得更加丑陋。一切都如同宫廷星象师在星座图中所见。

留着小胡子的应征者一个接一个叫咔啦咔啦胡桃给嗑掉了牙，嗑伤了下颚，却对公主一点儿帮助没有。他们在四肢无力地被牙医抬走时，都忍不住叹一声：

"真是颗铁核桃啊！"

国王心里害怕起来，便许诺把女儿和王国给予那个最终能完成驱邪任务的人。这时一个姓罗色美耶的小青年才文质彬彬地走上前来，要求让他也尝试一下。而所有应征者中最合芘尔丽帕公主心意的并非别人，恰恰就是这位年轻的罗色美耶。只见她小手扪着心口，感慨道：

"唉，要是他能咬开咔啦咔啦胡桃，成为我的丈夫就好啦！"

年轻的罗色美耶很有礼貌地问候了国王、王后，当然也问候了芘尔丽帕公主，随后就从总司仪官手里接过那颗咔啦咔啦胡桃，二话没说就放到嘴里，猛地一拽木头辫子，只听咔啦——咔啦响了两声，胡桃壳儿便纷纷碎落。他干净利落地从粘连在上面的皮囊里剥出胡桃仁，把它递给公主，同时一只脚滑向身后，谦卑地行了一个臣仆礼。接着，他闭上双眼，开始一步步往后退。公主马上吞掉胡桃仁，哇，真是奇迹！——那个怪模怪样的小侏儒不见了，站在面前的是一位美如天使的女子，百合一般洁白的脸上泛着玫瑰花似的红晕，眼睛亮晶晶的有如黑色的钻石，满头金色的卷发。

于是鼓号齐鸣，民众欢呼雀跃。国王和满朝文武又像庆祝芘尔丽帕诞生那天一样用一只脚跳舞，王后则过度兴奋得晕厥了过去，不得不拿科隆香水来给她闻。年轻的罗色美耶正在履行后退七步的条件，没有少受眼前这混乱喧嚣场面的干扰。只见他控制住自己，正伸出右脚去完成最后的一步后退，耳畔突然响起刺耳难听的吱儿吱儿声，原来是鼠婆子毛瑟舍克正从地下钻出来，罗色美耶正往下落的脚刚好踩在她身上，结果一个趔趄，他差点没摔倒在地上。

哦，倒霉！——眨眼之间，英俊少年已经变成芘尔丽帕公主先前一样的丑八怪！他的身子缩得很小很小，几乎撑不住那个怪模怪样的大脑袋，暴突着一双金鱼似的眼睛，青蛙般的阔嘴张开来很是吓人；背后的辫子变成了窄窄的木斗篷，借助它可以让下巴活动。

宫廷钟表制作师和星象师简直给吓昏了，不过他们仍看见鼠婆子毛瑟吝克鲜血直流，在地上打滚。她作恶多端，不会不遭报应；小罗色美耶尖尖的鞋后跟正好狠狠踩着她的脖子，她必死无疑。可她一边垂死挣扎，一边仍吱儿吱儿地惨叫：

"哦，咔啦咔啦，坚硬的胡桃，因为你我快要死了——吱儿吱儿，呜呜呜呜——可那咬胡桃的小人儿一样活不成！我那戴着七顶王冠的小宝贝儿会找他算账，会替老娘报仇；等着瞧吧，胡桃夹子，你这小东西！——哦，生命如此鲜红美丽，和你告别多么心痛！我就要死了，呜呜呜呜，吱儿吱儿，吱儿吱儿！——"鼠婆子毛瑟吝克就这么惨叫着咽了气，让宫里的伙夫给清扫走了。

可年轻的罗色美耶却没人关心，于是公主提醒国王别忘了自己的承诺，国王便马上命令把年轻的英雄带上来。然而一当那丑八怪似的不幸青年出现在面前，公主就立刻双手捂住自己的脸，大叫道：

"滚开！快让这丑陋的咬胡桃的小人儿滚开！"

话音未落，宫廷侍卫长已经抓住年轻人的小肩膀，一下把他扔到门外去了。国王勃然大怒，有人竟敢塞一个胡桃夹子给他做驸马！接着他把罪责统统算到笨拙的钟表制作师和星象师账上，将二人永远逐出了王宫。这样一个结局，不曾显现在星象师在纽伦堡观察到的星座图上。可他并不罢休,而是重新开始观察,并声称从星象中读到了未来的发展情况:年轻的罗色美耶以他眼下的状态仍然会发迹,他尽管形象丑陋,还是会当上王子和国王。鼠婆子毛瑟吝克先前的七个儿子都死了,她的第八个儿子一生下来就有七个脑袋,要等这七个脑袋的儿子当上鼠王并死在小罗色美耶手里,还有一位女子不计较他形象丑陋仍爱上了他,到那时他身体的畸形才会消失。在纽伦堡圣诞市场开市期间,你们真会在他父亲的铺子里看见小罗色美耶,尽管是个咬胡桃的小人儿,却已经当上了王子!——

孩子们,这就是铁核桃的童话,现在你们知道了,人们为什么在碰上难题的时候总爱说:"这可是颗铁核桃!"还有就是嗑胡桃的小人儿为什么模样丑陋。

高等法院参事这么讲完了自己的故事。玛丽认为,芘尔丽帕公主不知道感恩,原本就是个讨厌的丫头。弗里茨却断言,胡桃夹子要真是好样儿的,就不会跟鼠王客气,过不多久就会恢复先前的魁梧英俊。

叔叔与侄儿

我尊敬的读者或者听众,你们要是有谁也偶然被玻璃给划伤过,那他自己便知道这有多么疼痛,伤口久不愈合有多么烦人。玛丽呢可是不得不在床上躺整整一个礼拜,因为她一站起来就头昏脑胀。终于她还是痊愈了，又可以像往常一样在屋子里快乐地跑跑跳跳了。玻璃橱柜里焕然一新，景象悦目，有树有花有房屋，还有一些穿戴光鲜、模样漂亮的玩偶。最最重要的是，玛丽又找到了她心爱的胡桃夹子，只见他站在柜子的第二格，正露出健康整齐的小牙齿，冲着她微笑哩。她满怀喜悦，目不转睛地瞅着自己的心肝宝贝瞧个没完，瞧着瞧着突然心里一惊，想到罗色美耶教父讲的不正是这个胡桃夹子的故事，不正是他跟鼠婆子毛瑟咨克母子二人争斗的故事吗？现在她明白过来，自己这胡桃夹子不可能是别人，只能是纽伦堡那个小罗色美耶，只能是罗色美耶教父那个讨人喜欢、却遗憾遭鼠婆子毛瑟咨克施了魔法的侄儿。要知道芘尔丽帕公主父王宫里那位技艺精湛的钟表制作师，他也不会是别的什么人，只会是高等法院参事本人。还在听故事的时候，玛丽她就对此一秒钟也不曾怀疑过。

"可是叔叔为什么不帮助你呢，他为什么不帮助你呢？"玛丽脑子里越来越生动地出现了她曾目睹的那场大战的景象，对于胡桃夹子来说，它的胜败可是关系着王国和王位啊。要知道，其余的玩偶不是全都已经臣服于他了吗？宫廷星象师的预言将会应验，年轻的罗色美耶将成为玩偶王国的国王，这不是确定无疑的吗？聪明的玛丽在脑子里认真考虑这一切，并且相信一当她想让胡桃夹子国王和他的臣仆活起来，动起来，他们也必定会马上活动起来。然而事实并非如此，而是相反，玻璃橱柜里一切都像僵硬了似的，没有丝毫动静。不过呢玛丽她才不会放弃自己的信念呐；她把这归咎于鼠婆子毛瑟咨克和她那七个脑袋的儿子，认为是他们的魔法在继续起作用。

"好吧,"她大声告诉胡桃夹子,"亲爱的罗色美耶先生,即使您现在还动不了,还不能跟我说话,我仍旧知道您听懂了我的意思,明白我对您有多好。相信我会帮助您,如果您需要帮助。——至少我会求您的叔叔,请他在必要时教给您他所精通的技艺。"

胡桃夹子仍然一动不动,玛丽却觉得透过玻璃传出来一声轻轻的叹息,玻璃片发出了几乎听不见但却极其美妙的响声,活像有一条银铃般清脆的小嗓子在唱:"小玛丽啊——我的小天使——我将属于你——小玛丽啊,你是我的。"玛丽浑身打了一个冷颤,却同时感觉到一种异样的舒适快意。

暮色降临,医药局长施达包姆陪着罗色美耶教父走进房来,不多一会儿路易丝已经摆好小茶桌,一家人便围着坐下来,开始聊各式各样有趣的事情。玛丽悄悄搬来自己的小扶手椅,坐在了罗色美耶教父的脚边。一次趁着大伙儿都沉默下来了,她便用自己蓝色的大眼睛死死盯着高等法院参事的脸说:

"现在我知道了,亲爱的罗色美耶教父,我的胡桃夹子是你的侄儿,是那个来自纽伦堡的小罗色美耶,你的伙伴、那位星象师曾经预言,他将成为王子甚至国王,这预言将会应验。可你是知道的呀,他正跟鼠巫婆毛瑟咨克的儿子,正跟那七个脑袋的鼠大王在殊死战斗。你为什么就不帮帮他呢?"接着,玛丽再一次一五一十地讲了自己目睹的大战经过,其间却时不时地被路易丝和母亲的朗朗笑声打断。只有弗里茨和教父不苟言笑,一脸严肃。

"真不知这丫头哪来满脑子的怪想法啊。"父亲医药局长说。

"哎哟,"母亲应道,"她原本就好幻想——只不过发那么厉害的高烧,做了不少梦呗。"

"全都不对,"弗里茨说,"我的红色轻骑兵才不会那样窝囊废呐,要不我怎么会和他们一起出生入死。"

罗色美耶教父却蹊跷地微笑着,把小玛丽抱到了怀里,比什么时候都更加和蔼地说:

"哎,亲爱的玛丽比我和我们所有人都更有天赋,你跟芘尔丽帕一样天生是一位公主,因为你统治着一个美丽的蓝色王国。——可是如果你同情可怜而畸形的胡桃夹子,想要照顾他,那你就会吃很多苦头,因为那七个脑袋的鼠王将一直迫害他,不管他在何处。——不过不是我——你独自便能够拯救他,只是你得坚定而又忠诚。"

玛丽也好,其他人也好,全不明白教父讲的是什么意思;医药局长甚至觉得他挺怪,便摸摸高等法院参事的脉搏,说道:

"亲爱的朋友,你脑袋严重充血,我想给你开点药。"

只有医药局长夫人忧心忡忡地摇了摇头,低声道:

"我大概猜到了教父的意思,可要我说,却说不清楚。"

最后胜利

月明如昼的夜里,一阵似乎从某个屋角传来的奇异声响,啵儿啵儿,啵儿啵儿,把玛丽从睡梦中惊醒。像是有一些小石子儿扔来扔去，滚来滚去，其间还夹杂着讨厌的吱吱声和嚓嚓声。"啊，老鼠，老鼠又来啦！"玛丽吓得叫出声来。她想唤醒母亲，可却出不了声，手脚也不能动弹，因为她看见鼠王正费劲地从墙洞里钻出来，见它闪动着一对对小眼睛，头戴着七顶王冠，最后终于爬到了屋里，东转转西转转，然后猛地一跃跳到了玛丽床边的小桌子上。

"吱—吱—吱，嘻—嘻—嘻，快给我你的甜豌豆，还有你的杏仁糖，不给我就咬死你的胡桃夹子——咬死你的胡桃夹子！"鼠王吱儿吱儿叫着，一边还发出极为难听的咬牙切齿声，随即又一溜烟儿钻进墙洞去了。

玛丽被眼前的可怕情景吓得要死，第二天早晨起床脸色惨白，内心激动不安，几乎说不出一句话。她无数次地试图对母亲或者路易丝，或者至少是弗里茨抱怨抱怨，讲她昨晚上受到的惊吓，可临了她还是想："有谁会相信我呢？还有，我不会被狠狠地嘲笑吗？"——她心里明白，为了救胡桃夹子，她必须交出杏仁糖和甜豌豆，因此到了晚上，她有多少就放了多少在玻璃橱柜的凸沿面前。

第二天早上，母亲说："不知道咱们起居室里一下子哪儿来了些老鼠，你瞧瞧，可怜的玛丽，它们把你的甜食全部吃光了！"

确实如此。夹心杏仁糖看来不对贪吃的鼠王口味，但仍被它用尖尖的牙齿啃烂了，只得扔掉。不过玛丽一点儿不心疼自己的甜食，倒是内心充满喜悦，她相信她的胡桃夹子得救啦。可谁知当天夜里，玛丽耳朵旁边又响起了吱儿吱儿吱儿——嘘嘘嘘的声音,真把她给吓坏啦。唉,鼠王又来了,比前天晚上更讨厌地闪动着它的小眼睛,更加可恶地咬牙切齿。

"你必须交出你所有的糖人儿还有面娃娃,小家伙,不交我就咬碎你的胡桃夹子,咬碎你的胡桃夹子!"可怕的鼠王说着一跳,又溜之大吉。

玛丽忧心忡忡。早上,她走到玻璃橱柜跟前,目光极为哀痛地凝视着她的那些糖人儿和面娃娃。是啊,她的哀痛有道理啊,因为我细心的小听众,你没法相信,这位玛丽·施达包姆,这位小姑娘拥有的是模样儿最可爱不过的糖人儿!瞧瞧,一位英俊的牧人和他的牧羊女放牧着一大群雪白的小羊羔,旁边有一只小狗活蹦乱跳,还走来两位手持信件的邮递员,以及几个衣着整洁的小伙子和打扮漂亮的大姑娘,他们一块儿玩着跷跷板。在一些跳舞的人身后,还站着那个帕赫特·菲德苦梅儿和奥尔良的姑娘①,玛丽对他俩不是特别在乎;可角落里边还立着个红脸膛的男孩子,他可是玛丽的心肝宝贝儿,望着他,小玛丽不由得流下了眼泪。

"唉,"她瞅着胡桃夹子说,"亲爱的罗色美耶先生,为了救您,我什么不愿意做啊?可是这太困难啦!"

胡桃夹子哭丧着脸,玛丽好像看见鼠王已张大七张嘴巴,就要把可怜的小伙子吞下去,便作出了牺牲一切的决定。因此,晚上她跟先前把甜食全部放在柜子的凸沿前一样,把糖做的玩偶也

---

① 帕赫特·菲德苦梅儿和奥尔良的姑娘都是当时著名戏剧的主人公。

全部摆在了柜子外面。她亲吻了牧羊人、牧羊女和小羊羔，最后也从柜子角落里抱出她的宝贝儿，抱出那个脸蛋儿红红的用面烤制的小男孩，只不过呢，能为他办到的，仅仅是让他站在最后面罢了。帕赫特·菲德苦梅儿和奥尔良的姑娘则不得不站在第一排。

"不，真太可恶了！"第二天早上，医药局长夫人大声怒喝，"钻进柜子里去的必定是只又大又凶的老鼠，瞧瞧，可怜的玛丽所有的糖娃娃都给啃烂了，咬烂了。"

玛丽尽管忍不住流下泪水，但很快又露出了笑容，因为她想："有什么关系呢，胡桃夹子可是得救了啊。"

晚上，母亲对罗色美耶教父讲起一只老鼠在孩子们的玻璃柜里作的孽，父亲就说：

"真窝囊，咱们竟对付不了一只讨厌的耗子，任随它在玻璃柜子里捣蛋，把可怜的玛丽所有的甜食给吃掉了！"

"嗨，"弗里茨兴致勃勃地接过话头，说道，"楼下的面包师傅有只顶棒的老灰猫，我想把他捉上来。他很快会把事情搞定，就算是鼠婆子毛瑟吝克自己来了，或者她的儿子鼠王来了，它也会咬掉它们的脑袋。"

"那又怎么样，"母亲笑着继续说，"还不是在椅子桌子上跳来蹦去，把杯子碟子统统给我摔到地上，造成别的大得多的损失。"

"嗨，不会不会，"弗里茨应道，"面包师的老猫可灵敏了，我真巴不得能像它那样，在尖拱型的屋顶上也行走自如。"

"夜里可千万不能来只公猫呀。"路易丝姐姐请求说，她讨厌所有的猫。

"原本也对,"母亲说,"弗里茨原本也对,只不过呢,咱们也可以安个老鼠笼哦。未必咱们没有老鼠笼?"

"最好是请罗色美耶教父替咱们做一个,这玩意儿不是他发明的吗?"弗里茨提高嗓门儿道。

大伙儿哈哈大笑,在母亲肯定讲家里没有鼠笼子以后,高等法院参事便宣称他有的是老鼠笼,并且马上真的就派人去他家里取了一只呱呱叫的笼子来。这让弗里茨和玛丽想起了教父讲铁核桃童话的生动情节。家里的厨娘开始煎肥肉了,玛丽浑身颤抖、哆嗦,满脑子都是童话里的奇异事物和情节,怯生生地对厨娘说:

"王后娘娘啊,可得小心提防毛瑟吝克老婆子和她的家族哟。"

弗里茨却拔出他的佩刀,说道:"让它们只管来吧,看我不收拾掉这些家伙。"

然而灶下灶上毫无动静。当高等法院参事把一片肥肉拴在一条细细的线上,然后轻轻地将鼠笼子摆放到玻璃柜子边,弗里茨却叫起来:

"注意了,钟表制作师教父,可别让鼠王把你给耍喽!"

当天夜里,可怜的玛丽才叫惨哟!她老觉得胳膊上有什么冰凉的东西在扑腾来扑腾去,脸颊一直发痒,还起鸡皮疙瘩,耳朵里老听见吱吱吱、嘘嘘嘘的声音。——可恶的鼠王坐在她的肩膀上,张开了七张血红的嘴巴,嘴里流着口水,牙齿咬得喊喊嚓嚓响,冲着已经吓傻了的玛丽的耳朵说:

"嘶嘶嘶，嘶嘶嘶，可别钻进那房子——可别贪吃那肥肉——可别被关在那房子里，嘶嘶嘶，嘶嘶嘶——交出来吧，你所有的图画书，还有你的小裙子，不交你休想得到安宁——你要知道，不交出来，胡桃夹子就完蛋喽，我要把他咬死——嘘嘘嘘，吱吱吱！"

这一来玛丽真是悲哀，真是郁闷。第二天早上，母亲说："可恶的老鼠没有逮着。"她见小女儿脸色苍白地呆呆坐在那里，以为她还在为甜食被偷吃掉了难过，以为她害怕老鼠，便补充说：

"你只管放心吧，亲爱的宝贝儿，可恶的老鼠咱们一定能赶走。要是捕鼠笼一点儿用都没有，那就叫弗里茨去把他的老灰猫抱来好啦。"

可玛丽一回到起居室，马上就走到玻璃柜前面，哽咽着对胡桃夹子讲：

"唉，亲爱的罗色美耶先生，我这个可怜而不幸的小姑娘能为您做什么哟？就算我把我所有的图画书，是的，还有神圣的耶稣基督送给我的那条漂亮新裙子，统统都交出来，让可恶的鼠王咬烂，难道他不会再没完没了地要更多、更多，到头来弄得我啥也没有了吗？他甚至要让我代替您给他咬死吧？——哦，我这个可怜的小姑娘，我怎么办啊？——我到底该怎么办啊？"

小玛丽这么哭着，喊着，突然发现胡桃夹子的脖子上有一大块昨晚留下的血迹。自打她知道这咬胡桃的小人儿原本就是那位年轻的罗色美耶，就是高等法院参事的侄儿，她就没有再抱过他，也没有再吻他，跟他亲热，是的，出于对他的某种敬畏，她甚至很少再碰他；眼下她却小心翼翼地把胡桃夹子从柜子里抱出来，开始用手绢揩他脖子上的血迹。谁知她突然一惊，感觉手里的小人儿有了体温并且活动起来了。玛丽赶紧把他放回柜子里，只见胡桃夹子的小嘴巴咧过来咧过去，很吃力地喃喃道：

"哦，尊敬的施达包姆小姐——亲爱的朋友，我对您真是感激不尽——不，请别再为我牺牲您的图画书和基督送给您的小裙子——只求您给我找来一把宝剑——一把宝剑，其他事情我来解决，不怕鼠王他……"讲到这里，胡桃夹子说不出话来了，刚才还充满忧伤的眼睛又木呆呆的，没有了生气。玛丽呢却一点儿不害怕，相反高兴得跳了起来：现在她知道了既能拯救胡桃夹子，又无须再忍痛做出牺牲的办法。

可是她又去哪儿为小人儿弄一把剑来呢？——玛丽决定找弗里茨商量。傍晚，父母亲出去了，兄妹俩单独坐在起居室里的玻璃橱柜旁边，她便把自己跟胡桃夹子和鼠王的遭遇全部告诉了哥哥，最后讲，眼下的问题只是如何救胡桃夹子了。弗里茨对妹妹报告的一切都不大在乎，唯有听见她讲到他的轻骑兵在战斗中表现得那么差劲儿，才显得心事重重。他非常严肃地再问了一次，真那么糟糕吗？玛丽保证自己说的是实话，弗里茨立即快步奔到玻璃柜前，怒气冲冲地对他的轻骑兵们训了一通话，然后一个一个地扯下他们帽子上的军徽，以此惩罚他们的自私和怯懦，还剥夺了他们一年在行军时吹奏轻骑近卫军进行曲的权利。处理完自己的部下，弗里茨才回转身，望着玛丽，说：

"对了，你那胡桃夹子要一把宝剑，这我倒可以帮忙。昨天我安排一位重装骑兵的老上校退役了，他再也用不着自己那把漂亮又锋利的宝剑。"

在玻璃柜第三格最里边的一角，刚提到那个老上校享受着弗里茨替他安排的退休生活。现在弗里茨把他从那里请出来，为的是摘下他那把银光闪闪的精美佩剑，转而挂到胡桃夹子小人儿的腰上去。

当天夜里，玛丽紧张害怕得怎么也睡不着。午夜时分，她仿佛听见从起居室那边，传来一阵阵少有的骚动声、叫嚣声，以及叮叮当当，噼噼啪啪，嘶嘶沙沙的声音。突然"吱——"的一声叫唤！"鼠王！鼠王！"玛丽惊叫着跳下床来。四周毫无响动，可一会儿，卧室门轻轻地敲响了，传来一个很细很轻的嗓音：

"最最可爱的施达包姆小姐，只管放心地开门吧——好消息，好消息！捷报！捷报！"

玛丽听出是小罗色美耶的嗓音，便套上小裙子，飞快拉开了卧室门。胡桃夹子小人儿站在门外，右手提着带血迹的宝剑，左手擎着支小蜡烛。一瞅见玛丽，小人儿立刻单膝跪地，口里说道：

"只有您啊，高贵的女士，只有您造就了我，给了我骑士的勇敢无畏，使我的胳臂强劲有力，能够跟那个敢于嘲弄您的高傲的敌人战斗。那无耻的老鼠王已经被我给打翻在地，正在自己的血泊里垂死挣扎喽！——高贵的小姐啊，请您开恩，从至死忠于您的骑士手里，接过胜利者的战利品吧！"说着，胡桃夹子便很敏捷地从自己的左胳臂上，捋下七顶他刚才套上的鼠王的金冠，把它们递给玛丽，玛丽满心喜悦地接到了手里。胡桃夹子站起身来，继续说："哦，我最最可爱的施达包姆小姐，此刻，我战胜了自己的敌人，要是您肯赏光跟着我去一下，我会让您见到多么美妙的事物啊！——哦，求您啦——求您啦，可爱的小姐！"

玩偶王国

孩子们，我相信你们没谁会有丝毫的犹豫迟疑，不马上接受胡桃夹子的邀请，跟随这诚实善良、从来不存坏心眼的小偶人儿走去。玛丽更不用说了，她心中有数，相信胡桃夹子肯定对她心怀感激，相信他会遵守自己的诺言，让她见到许多美妙的东西。她因此讲：

"我跟您去，罗色美耶先生，不过一定不能走太远，耽搁太久，要知道我还完全没有睡够呢。"

"那我就选最近的路，尽管会稍微难走一点儿。"胡桃夹子回答。

胡桃夹子走在前面，玛丽紧跟着他，一直走到过道里那个老衣柜跟前才停下来。玛丽惊讶地发现，原本一直锁得死死的衣柜门大开着，可以清楚看见挂在最外面那件父亲旅行时穿的狐皮袍子。胡桃夹子攀着柜子的边框和雕饰，身手矫健灵活地爬了上去，抓住狐皮袍子背后挂在一根粗绳子上的大流苏，使劲儿将流苏拽了拽，皮袍子的袖筒里马上滑下来一架异常精巧的香杉木小梯子。

"请上吧，最尊贵的小姐！"胡桃夹子提高嗓音说。

玛丽爬上梯子，可她刚刚钻过袖管，刚刚从衣领往外看，对面就射来耀眼的亮光,她仿佛一下子就站在了一片花香扑鼻的草地上,四周闪烁着无数的宝石,无数眨着眼睛的小星星。

"咱们现在到了冰糖草地,"胡桃夹子解释说,"可很快要进那道门里去。"

这时玛丽抬起眼来,才看见草地前边几步远的地方耸立着一道雄伟高大的门。远远望去,这门好像全用白色、褐色和玫瑰色相间的大理石建造成,可走近一看,才发现建门的材料原来是烤成了一块一块的杏仁糖和葡萄干,所以,胡桃夹子肯定地说,他们即将穿过的这道门就名叫杏仁糖和葡萄干门,不过粗鲁的老百姓又叫它零嘴儿门。在门洞内往前延伸出去的一条显然是用大麦糖敷设的走道上,有六只穿红色小袄的猴儿正吹吹打打地演奏土耳其军乐,听上去极为动人,使玛丽不知不觉地在彩色大理石草地上越走越远,越走越远;其实啊那不是什么大理石,只是做得很好看的巧克力果仁片儿糖罢了。转瞬间,他们四周已弥漫着从一片奇异的小树林里飘送来的甜香味儿。林子两边都开有宽大的口子,可以望见林中幽暗的叶簇下星光闪闪,细看才知道是彩色的枝丫上垂挂着的金果和银果;树干和树枝上装饰着缎带和花束,就像婚礼上幸福的新郎新娘和快活的宾客。微风阵阵,送来橙子的香味,树枝和树叶随风发出嚓嚓嚓、飒飒飒的喧闹,活像在演奏欢快的乐曲,闪亮的星星只好跟着音乐雀跃舞蹈起来。

"嗨,这儿好美呀!"玛丽完全陶醉了,不禁喊道。

"咱们这是到了圣诞之林了,亲爱的小姐。"胡桃夹子小人儿说。

"嗨,"玛丽接着说,"要是允许我待上一会儿就好喽,这地方太美太美了啊。"

胡桃夹子拍拍小手,立刻走来许多男男女女的小牧羊人,还有一群男女猎人,他们皮肤都那么白嫩白嫩的,叫人以为是由纯糖铸成;刚才他们就在树林里四处走动,只是玛丽没有注意到罢了。现在他们搬来一张纯金的靠背椅,放上一块用白色甘草编织的坐垫,很有礼貌地邀请玛丽坐上去。玛丽刚一落座,牧羊人便优雅地跳起芭蕾舞,猎人们则吹着悦耳的牧笛伴奏,没多久却一起消逝在了密林里。

"请原谅,"胡桃夹子说,"请原谅,尊敬的施达包姆小姐,舞蹈表演很不像样,不过演员都来自咱们的提线木偶舞蹈团,他们永远是老一套,毫无办法;还有猎人的吹奏也打不起精神,这也自有原因。尽管圣诞树林里的糖果篮就挂在他们鼻子顶上,但却太高啦!——怎么样,咱们不想再转转吗?"

"嗨,一切都这么美,都太让我喜欢啦!"玛丽一边说,一边从靠椅里站起来,赶上走到前面去了的胡桃夹子。

他们沿着一条潺潺的小溪往前走,水声好似甜蜜的絮语;刚才弥漫在树林中的所有馥郁芬芳气息,仿佛全是从这溪里散发出来的。

"这是橙子溪,"胡桃夹子回答玛丽的询问说,"不过除了香气之外,它却比不上柠檬江的浩荡和美丽;它们都流入杏奶海。"

果不其然,玛丽很快便听见泼喇泼喇的波涛声,看到宽阔的柠檬江,只见穿过两岸绿宝石般闪亮的树丛,一江褐黄色的波浪翻卷着,豪迈地滚滚向前。从浩荡的江水里涌起阵阵令人心旷神怡的清凉气息。不远处缓慢地流着一条河水暗黄的支流，但散发的气息却格外甜美，岸边上坐着许许多多美丽可爱的小孩，在那儿钓一些小而肥的鱼，钓上来马上就吃掉。走近一看，那些鱼好像就是长长的榛果仁儿。在稍微离得远一点儿的河岸边，坐落着一个挺可爱的小村子，村舍、教堂、牧师住所、仓房历历在目，所有建筑都呈暗褐色，却全装饰着金色的顶子，许多墙壁也粉刷得五颜六色，像是贴满了柠檬皮和杏仁。

"这是姜饼村，"胡桃夹子说，"它坐落在蜂蜜河畔，村里住着些极漂亮的人儿，可是多数性情烦躁，因为他们老是牙痛得厉害，所以咱们先别进村去好些。"

正说着，玛丽发现了一座小城，一座净是彩色的透明建筑组成的小城，看上去美丽极了。胡桃夹子径直朝城里走去，玛丽很快听见都市的愉快喧闹，看见成百上千可爱的小人儿，看见一辆辆停在市集上的满载货物的马车，人们正着手检验车上的货物并且卸车。可卸下来的东西看上去像是些彩色包装纸，还有一板一板的巧克力。

"咱们到了糖果城，"胡桃夹子说，"刚从纸张国和巧克力国王那儿发来一批货。最近一段时间，可怜的糖果城的人们遭受蚊子大将统领的军队围攻，只好用纸张国的救援物资蒙上住宅，用巧克力国王的馈赠修筑防御工事。不过呢，亲爱的施达包姆小姐，咱们也不用访问这个国家所有的城市和村庄——上京城去——上京城去！"

胡桃夹子匆匆往前赶，玛丽满怀好奇，紧跟在他后面。没过一会儿，周围便升腾起沁人心脾的玫瑰香味，一切好似都被弥漫洋溢着的重重玫瑰色雾幔包裹起来了。玛丽发现，这是眼前一片玫瑰红的河水闪闪发亮产生的反光，河里翻滚着细碎的银色波浪，发出如美妙乐曲一般的泼剌泼剌声。河面越来越宽，越来越宽，渐渐变成了一片大湖，湖上优游着一只只美丽可爱的银白色天鹅，竞相唱着悦耳动人的歌，逗引得河里钻石般亮晶晶的鱼儿不断跃出玫瑰色的水面，像是在跳着快乐的舞蹈。

"哇，"玛丽兴奋得叫出声来，"哇，这就是那片湖，那片罗色美耶教父曾经乐意为我造的那片湖。真的，我自己就是那个小姑娘，那个将要跟可爱的小天鹅亲热的小姑娘啊！"

胡桃夹子微微一笑，带着玛丽从未见过的讥讽神情，他随后说：

"恐怕我叔叔永远造不出这样的美景来，您多半得靠自己喽，亲爱的施达包姆小姐。我看咱们不用为这事伤脑筋，还是乘船渡过玫瑰湖去京城好些。"

王国京城

胡桃夹子又一次拍起手来，因为眼前的玫瑰湖开始发出更响亮的喧嚣，掀起了更高的浪涛；玛丽发现远方的湖面上驶来一辆贝壳形的马车，车身纯粹由透亮的彩色宝石镶嵌而成，拉车的是两头金鳞海豚。十二个极其可爱的小黑人，一个个头上戴的小软帽和腰间系的小围裙都是闪光的蜂鸟毛织成的；他们一齐跳到湖岸上，先抬起玛丽，再抬起胡桃夹子，然后缓缓地滑过湖水，把他俩放进了贝车里。贝车随即破浪前进。嗨，多么美啊！玛丽坐在车上，四周弥漫着玫瑰花的芳香，激荡着玫瑰湖的波浪，贝车不断向前驶去，驶去。只见两头金鳞海豚扬起鼻孔，向空中高高喷射出水晶般的水线，水线落下时呈弧形，变成道道闪闪发光的彩虹，与此同时，传来了仿佛出自两条纯银的小嗓子的甜美歌声：

谁优游在玫瑰湖上，
啊，啊，是仙女！
啊，啊，是小鱼！
噢，噢，还有天鹅，
天鹅——金翅鸟儿！
哗啦啦，水急浪涌。
汹涌吧，歌唱吧，
吹拂吧，瞭望吧！
小小仙女来了，来了，
冲破玫瑰湖的波涛，
驶向前方，驶向前方！

可是在那跳到贝车后站着的十二个小黑人听来，这浪涛之歌似乎很不是味道，因为他们使劲儿摇动用枣叶编织成的遮阳伞，使枣树叶相互挤擦出嚓啦嚓啦的声音，同时还用脚踏出奇怪的节

拍,边踏边唱:

> 克哩克哩,克啦可啦,
> 上上下下,上上下下——
> 黑人跳轮舞必须唱歌,
> 鱼儿来啊,天鹅来啊,
> 贝车也来啊,来啊,
> 来跳来唱,来跳来唱,
> 轰隆轰隆,克哩克哩,
> 克啦克啦,上上下下。

"黑人生性活泼好动,"胡桃夹子有些惊慌地说,"可他们会把湖水整个给我给搅翻的。"

不说也罢,一说果真响起了震耳欲聋的咆哮声,这令人神经错乱的怪声仿佛在湖里和空中回旋飘荡。然而玛丽不顾这些,只是两眼凝视喷香的玫瑰浪涛,好似每朵浪花都是一张冲着她微笑的可爱女孩儿的脸。

"哗,"她拍着小手欢呼道,"哗,您快瞧啊,亲爱的罗色美耶先生!芘尔丽帕公主在水里面,她冲我笑得可甜蜜啦。您快瞅瞅呀,亲爱的罗色美耶先生!"

"唉,尊敬的施达包姆小姐,"胡桃夹子却叹了口气说,"那可不是芘尔丽帕公主,那是你自己,全都是你自己;那在每一朵浪花里甜蜜微笑的可爱脸庞,全都是你自己。"

玛丽一听赶紧缩回脑袋,闭紧双眼,感到很难为情。这时候,她已经被八个小黑人从贝车里抬下来,放到了地上。她眼下站在一个小树林里,这林子甚至比圣诞树还要美丽,林中的一切全都闪闪发光,更令人欣喜的是所有树上都挂着珍稀果实,不只是颜色罕见,而且异香扑鼻。

"咱们这是到了果酱林,"胡桃夹子说,"不过那边就是京城了。"

玛丽看见了怎样的景象啊,孩子们!在她眼前一片繁花似锦的原野上,铺展开一座大城市,可叫我怎么向你们描绘这座城市的繁华和美丽呢?不止墙垣和塔楼的色彩极其鲜明、悦目,所有建筑的形状也是人世间绝无仅有。普通屋顶被精致地编结成的一顶顶王冠给代替了,塔楼上则套着一圈圈五彩的花环,真是好看啊!当他俩走进看上去纯粹是用杏仁饼干和冰糖果子建成的城门,银光闪闪的守城士兵便向他们行了个持枪礼,一位穿着缎子睡袍的小人儿一下扑到胡桃夹子脖子上,喊道:

"欢迎欢迎,尊贵的王子,欢迎殿下光临蜜饯堡!"

目睹年轻的罗色美耶被一位显赫人物称做王子,玛丽着实吃了一惊。可接下来她更听见无数纤细的嗓音嚷成一片,有的叫有的笑,有的唱有的玩,弄得她一点儿也摸不着头脑,只好问胡桃夹子到底是怎么回事。

"噢,尊敬的施达包姆小姐,"胡桃夹子回答,"没有什么特别的,蜜饯堡是座人口众多的城市,快活热闹,天天如此,您只管往前走好啦。"

他们刚走几步,就来到一座很大的市集广场,眼前更是一派繁华景象。广场周围的房屋全是镂空的糖雕,柱廊叠着柱廊,广场中央高耸着一座浇糖塔状蛋糕垒成的纪念碑,纪念碑四面各有一个造型美观的喷泉,正分别向空中喷射出鲜橙汁、柠檬汁等含糖饮料;而底下的大盆则盛满冰激凌,想吃只管舀就是了。不过呢,比这一切更可喜更好玩儿的,还是那成千上万脑袋挨着脑袋挤在一起的小人儿,他们在那儿唱着、跳着、笑着、吆喝着,弄出那一片玛丽大老远就听得见的快乐喧嚣声,真是可爱得不得了。其中有男有女,男的衣着讲究,女的花枝招展,既有亚美尼亚人,也有希腊人,既有犹太人,也有奥地利提罗尔地区的山民,既有军官也有士兵,既有牧师也有牧羊人,还有马戏班小丑。总而言之,世界上找得到的三教九流、形形色色人等,这儿全有。

在广场一角,出现了比较大的骚动,巨大的人流逃散开来,却原来是大总督正坐着轿子让人抬着招摇过市;环侍在轿子周围的有93位官员,七百名奴隶。可与此同时,在广场另一角,正行进着渔业公会近五百人的节日游行队伍,加上那位土耳其将军心血来潮,也带着3000名近卫军到市集广场来操演,还有大批刚做完祭祀日礼拜的穆斯林也走上了广场,一边敲敲打打一边歌唱:"起来啊,感谢伟大的太阳!"——所有这些人流,全都一齐涌向广场中央那座浇糖塔状蛋糕垒成的纪念碑。

真好个摩肩接踵,推搡拥挤!——很快也传出许多呻吟和呼喊,因为在拥挤中,一个渔民撞掉了一位印度婆罗门教徒的脑袋,那位大总督的轿子也差点被一个马戏班小丑踩翻。骚动越来越厉害,越来越疯狂,人群已经开始相互冲撞,相互扭打。这时候,曾在城门口欢迎胡桃夹子并称他王子的穿缎袍的人爬上一个树状蛋糕,先拽着钟绳很响亮地打了三下钟,然后又扯开嗓门大吼三声:"蛋糕店!蛋糕店!蛋糕店!"顷刻之间,骚动便平息下来,人人都忙着尽量美化自己的形象,纠缠在一起的几队人马分开了,下人们帮着刷掉了大总督身上的泥灰,被撞掉的脑袋已装回到那个婆罗门的脖子上,市面又重新热闹快活起来。

"蛋糕店在这儿是什么意思,亲爱的罗色美耶先生?"玛丽问。

"嗨,尊敬的施达包姆小姐,"胡桃夹子回答,"这里的人把一种陌生又极其可怕的力量叫做蛋糕店,相信这种力量可以随意摆布人,就像悬在头上的厄运似的统治着城里这小小的快乐的民众,因此他们对它害怕得要命,一呼唤它的名字就能平息哪怕是最严重的骚动——这已被大总督刚才的举动给证明了。接下来没人再想尘世间的事情,没人再想肋骨被撞了一下,脑袋上肿起了一个包,而会反躬自省,会问自己:'人是什么,能成为什么?'"

这时候,玛丽突然站在了一座华丽宫殿前,只见它通体闪射着玫瑰色的红光,屋顶上高耸着成百座玲珑的塔楼,叫她禁不住发出一声赞叹的,不,是极度惊讶的欢呼。只在墙垣上面,这儿那儿地点缀着大束大束的鲜花,紫罗兰、水仙、郁金香,等等,应有尽有。墙垣色调幽暗而有光泽,更衬托出地面雪白泛红。中央主殿的大穹顶和塔楼的金字塔形尖顶上面,都洒满了闪着金光和银光的小星星。

"咱们现在到杏仁糖宫前面了。"胡桃夹子说。

望着这神奇的宫殿,玛丽完全忘乎所以,不过仍然注意到一座大塔楼完全没有顶;一些小男人站在用桂树枝搭建的脚手架上,看样子正试图进行重建。她还没来得及问胡桃夹子是怎么回事,胡桃夹子已经接着讲:

"不久以前,这座美丽的宫殿曾遭受严重的破坏,如果不是彻底给毁了的话。巨人好吃嘴儿不期而至,很快吃掉了那座塔楼的顶子,而且已经在啃主殿的大穹顶了,幸亏蜜饯堡的市民这时赶来上贡,给他奉上了蜜饯堡的整整一个城区,外加果酱林的相当一部分,他吃完后才重新上了路。"

正说着,耳畔突然响起悠扬的音乐声,宫门随之徐徐打开,走出来十二名小小的侍童,小手里全像举火炬似的擎着点燃了的丁香树枝。小侍童的脑袋都是一颗珍珠,身子则由红宝石和绿宝石串成,走起路来脚下熠熠生辉,因为漂亮的小脚儿是纯金铸造的。他们后面跟着四名女子,大小高矮和玛丽的克蕾欣差不多,可穿戴打扮的华丽漂亮远非她可比,玛丽一眼便认出她们是些公主。公主们极其温柔地拥抱胡桃夹子,悲喜交加地连声呼喊:

"哦,我的王子!——我亲爱的王子!——哦,我的兄弟!"

胡桃夹子看上去很是感动,用手擦着夺眶而出的眼泪,随后拉着玛丽的手,满怀激情地说:

"这是玛丽·施达包姆小姐,一位可敬的医药局长的女儿,也是我的救命恩人啊!要不是她及时扔出拖鞋,要不是她给我找来那位退役上校的佩剑,我恐怕已经被那该诅咒的鼠王咬得粉碎,早躺在坟墓里啦。——这位施达包姆小姐哦!芘尔丽帕尽管生来就是公主,可在美丽、善良和德行方面,能不能比得上她呢?——不能,我说,不能!"

"不能!"所有女子一起喊,同时拥抱着玛丽,哽咽道:"哦,您是我们亲爱的王子兄弟高贵的救命恩人——尊敬的施达包姆小姐!"

接着,公主们陪玛丽和胡桃夹子走到王宫里面,走进了一间四面墙壁都是亮晶晶的彩色水晶的大厅。只不过最让玛丽高兴的,是那些摆在四周的小椅子、小桌子、小五斗橱和小写字台,等等,它们全都是用香杉木或巴西木做成的,表面还洒满金花,看上去可爱至极。公主们请玛丽和胡桃夹子坐下,说她们自己要马上做用餐的准备。说着就取来了大量的日本细瓷小盆、小碗,还有金质银质的勺子、刀叉、研磨器、带柄煎锅等餐具、厨具。随后又搬来玛丽从未见过的漂亮水果和甜食,公主们以最最优雅的动作,用雪白的小手挤压出果汁,冲击香料,研碎杏仁,简而言之,备办饮食,让玛丽看出来公主们多么精于厨艺,她们将享用的是怎样的一顿美餐。由于深信自己同样擅长做这些事情,她便暗暗希望也能参加公主们的劳作,胡桃夹子姐妹中最漂亮的一位像是猜中了她的心思,便递给她一个小金臼说:

"噢,亲爱的,我哥哥尊贵的救命恩人,请你从罐里取点块糖出来冲碎吧!"

玛丽心情舒畅地一下一下地冲击金臼,金臼发出清脆悦耳的响声，优美动人得就像唱歌一样，这时胡桃夹子便开口讲述，讲他跟鼠王大军之间那场殊死战斗的经过，讲他自己怎么因为部下的怯懦而战败，讲随后可恶的鼠大王怎么企图咬死他、撕碎他，讲玛丽为救他怎么不得不牺牲了几名自己心爱的手下，等等等等。听胡桃夹子这么讲啊，讲啊，玛丽似乎觉得他的声音越来越远，越来越模糊不清，甚至她那金臼的冲击声也越来越远，越来越模糊不清。不一会儿，她仿佛看见银色的花毯像薄薄的云雾似的升腾起来，公主们、侍童们还有胡桃夹子，是的，甚至连她自己，都浮游在这云雾里——依稀听得见一声声奇异的歌唱，一种嘤嘤嗡嗡的声音，像是渐渐地消逝在了远方；这时玛丽仿佛由波浪托举着，越升越高——越升越高——越升越高……

结　局

扑通！——玛丽从半空中摔了下来。——好猛烈的震动！——可她还是马上睁开眼睛，发现是躺在自己床上，大白天的，母亲正站在她面前，说：

"怎么会睡这么久啊，早饭都已经摆好啦！"

可敬的读者，您大概注意到了，玛丽被她耳闻目睹的那许多奇异事物搞得完全晕头转向，终于在杏仁糖宫里睡着了，于是被小黑人，或者是侍童，或者甚至是公主们抬回了家，放在了她卧室的床上。

"哦，妈妈，亲爱的妈妈，昨天夜里小罗色美耶先生领我走了好多好多地方,看了好多好多美妙的事物啊!"

说着,玛丽便把我刚才讲的,几乎是原原本本地对母亲讲了。等她讲完,母亲才说:"亲爱的女儿,你是做了一个又长又美的梦,快给我统统忘掉吧!"

玛丽却坚持认为自己没有做梦,而是真正见到过那一切,母亲于是领她来到玻璃橱柜前,从柜里拿出跟往常一样站在第三格的胡桃夹子,对她说:"傻丫头,你怎么能相信,这个纽伦堡木偶会有生命,能够活动呢?"

"可是亲爱的妈妈,"玛丽抢过话头,"我知道得清清楚楚呀,这胡桃夹子小人儿本是来自纽伦堡的小罗色美耶先生,也就是罗色美耶教父的侄儿来着。"

听了女儿这话,医药局长和夫人一齐哈哈大笑。

"唉,"玛丽差点儿没哭出来,"你还笑我的胡桃夹子喽,亲爱的爸爸!他可是说了你的好话哟,在我们刚到杏仁糖宫的时候,他把我介绍给自己的姐妹,也就是那些公主,他讲过你是一位十分值得尊敬的医药局长!"

笑声变得更加响亮了,因为路易丝姐姐甚至还有弗里茨也跟着笑了起来。玛丽急得跑进自己卧室,从她的小盒子里飞快取出鼠大王那七顶王冠,把它们递给母亲,说道:

"瞧瞧吧,瞧瞧吧,亲爱的妈妈,这是老鼠王的七顶王冠,昨天夜里小罗色美耶先生送给了我,作为他胜利的象征。"

医药局长夫人满脸惊愕地瞪着这些小王冠,见它们一顶顶闪闪发光,用一种完全陌生的金属锻造而成,做工干净利落到了极点,根本不像是人手能够做出来的。还有医药局长也瞅个没够,两人,也就是父亲母亲一起满脸严肃地逼着玛丽讲实话:这些个小王冠她究竟是从哪儿弄来的?可她呢只能坚持刚才说过的话,父亲因此发了脾气,甚至骂她是个小骗子,急得玛丽大哭起来,哀声道:

"我好可怜啊,我这个小女孩好可怜啊!到底要叫我讲什么哟?"

就在这当口儿,房门开了,高等法院参事跨进房来,大声询问:

"怎么啦——怎么啦?我的教女小玛丽干吗哭得这样伤心?——到底怎么啦——到底是怎么啦?"

医药局长把刚才发生的一切告诉了他,同时让他看那些小王冠。可教父刚瞅一眼便立刻笑了起来,大声叫道:

"胡闹,胡闹!这不是前些年我挂在表链上的那些小王冠吗?后来我送给了玛丽,在她过两岁生日的时候。你们未必都记不得了吧?"

医药局长也好,局长夫人也好,确实都想不起来了。这时候,在一边的玛丽发现父母亲已经变得和颜悦色,便冲到罗色美耶教父跟前,高声说:

"嗨,罗色美耶教父,你可是了解全部情况,你自己说吧,我那胡桃夹子是你的侄儿,也就是纽伦堡来的小罗色美耶先生,是他把小王冠送给我的!"

高等法院参事拉长了脸,嘟囔道:"小傻瓜。"

随后医药局长把小女儿拉到自己跟前,满脸严肃地对她说:

"听好了,玛丽,别再胡思乱想,别再胡闹;你要再胡说八道,讲那个又愚蠢又畸形的胡桃夹子是高等法院参事的侄儿,我就把他给你扔出窗外去,而且不只是他,还有你所有的玩偶,包括克蕾欣小姐!"

如此一来,可怜的玛丽自然不能再讲她那胡桃夹子的故事了,虽然塞满她心胸的全是跟他有关的经历,因为你们可以相信,如果谁有过像玛丽那样奇异、美妙的遭遇,他是绝对忘不了的。

尊敬的读者或者听众弗里茨!——你想想,甚至连你的伙计弗里茨·施达包姆,甚至连他也一见妹妹要讲那个神奇的王国,讲她在王国的幸福感受,他便会马上转身走掉。还不止此,据说他有时还会从牙缝里骂一声:"蠢驴!"——不过以他平素一贯的好心眼儿,我不相信这是真的;但可以肯定的是,玛丽给他讲的任何事情他都不再相信,为了给他那些轻骑兵在接受检阅时所遭受的委屈形式上的补偿,他给他们的帽子钉上了比被摘掉的军徽高级得多也漂亮得多的鹅毛羽饰,并且重新允许他们吹奏轻骑兵近卫军进行曲。喏!——这下我们再清楚不过啦,当他们的红制服上衣被鼠崽们丑恶的子弹打得满是污迹的时候,轻骑兵们有多么伤心!

而今玛丽不允许再讲她那些奇异遭遇了,可那仙女王国的一幅幅美景仍时常萦绕在她周围,发出波涛涌动似的甜蜜声响;每次只要一凝聚思绪,她就会重温一切,即使正在玩儿也会变得木呆呆的,坐在那儿像是陷入了沉思,于是所有人都叫她小梦虫。后来有一天,高等法院参事来医药局长家修一只破钟,玛丽正坐

在玻璃橱柜前,又像做梦似的瞅着胡桃夹子小人儿,嘴里情不自禁地蹦出来一串话:

"唉,亲爱的罗色美耶先生,只要您真的活着,我决不会学芘尔丽帕公主的样儿,因为您由于我的缘故不再年轻英俊就瞧不起您!"

高等法院参事一听叫了起来:"嗨,胡闹,胡闹!"

可话音未落,只听扑通一声,玛丽晕倒了,从椅子上摔倒在地。等她醒过来,看见母亲正在跟前照护她,嘴里还念叨着:

"这么大个姑娘了,怎么竟会从椅子上摔下来!——瞧,高等法院参事的侄儿从纽伦堡来了——要乖乖的才对啊!"

玛丽抬起头来,看见高等法院参事又戴上了他的玻璃丝假发,穿着黄色的褂子,脸上露出满意的微笑,手里却擎着个挺小却体态匀称的年轻人。年轻人的小脸白里透红,穿着一件绣金红褂子,脚蹬白丝袜和白鞋子,在衬衫胸前的皱襞中插着一枝极其可爱的花束,头发经过精心梳理并扑了粉,背后垂着的一条小辫更是令人叫绝。他腰间的小佩剑闪闪发光,好像纯粹是宝石镶嵌成的,腋下夹着一顶丝绒小帽子。年轻人风度优雅,他带来了大量漂亮礼物就是证明,尤其是他送给了玛丽最可口的杏仁糖,以及所有被鼠王咬烂了的玩偶;送给弗里茨的则是一把棒得要命的宝剑。吃饭的时候,小伙子替在座的所有人嗑胡桃,再硬的铁核桃也难不住他,他用右手把胡桃塞进嘴里,左手一拽辫子——咔啦一声——胡桃碎了!

一见这好样儿的年轻人,玛丽便脸蛋儿通红,而且饭后当小罗色美耶邀她一道去起居室的玻璃柜前，还红得更加厉害。

"好好一块儿玩儿吧，孩子们，所有钟表都走准了，我不再有任何想法。"罗色美耶教父大声说。

可刚剩下小罗色美耶和玛丽单独在一起，他就单膝跪下，说：

"哦，我最最高贵的施达包姆小姐，您瞧瞧跪在您脚下这个幸福的罗色美耶吧，是您在这个地方救了他的性命！您无比仁慈地宣称，如果我因为您而变丑陋了，您不会像讨厌的芘尔丽帕公主一样瞧不起我！——这样我便不再是个遭人鄙弃的胡桃夹子，恢复了我从前并非令人不快的容颜。——高贵的小姐啊，让我做您幸福的丈夫，和我共同拥有我的王国和王冠，和我一起做杏仁糖宫的主人吧，因为现在我已是那里的国王！"

玛丽扶起年轻人，轻声说："亲爱的罗色美耶先生！您是一位善良的好人，您统治的国家风物秀美，人民美丽快乐，我愿意让您做我的未婚夫！"

于是玛丽马上成了小罗色美耶的未婚妻。一年以后，据说他真的派来由银马拉的金车，把玛丽接进宫去了。婚礼上弥漫着珠光宝气，献舞的是两万两千满身佩戴着珍珠和钻石饰品的小偶人儿，玛丽当即做了王后。在她的王国里，到处可见闪亮的圣诞树林，透明的杏仁糖宫殿。总而言之，只要你生着一双合适的眼睛，你便能瞧见最最奇异、最最美妙的景象。

赌 运

一八××年夏天，皮尔蒙特①盛况空前。世界各地的达官贵人纷至沓来，游客人数一天多似一天。形形色色的投机家都劲头十足，各显身手；其中，法娄牌②赌场的局主都是训练有素的老猎人，他们也把自己台面上明晃晃的金元叠得更高，以便引诱和捕捉那些珍禽异兽。

谁都知道，赌博这玩意儿有着难以抗拒的诱惑力，特别是在温泉疗养地的疗养季节，人人都摆脱了日常事务，存心来闲散闲散、消遣消遣的时候，情况更有过之。我们见过一些从不摸牌的人，这时候也成了赌迷，而且为了表现良好的赌风——至少在上流社会是这样，他们还得每天都上场，直至把大把的钱输掉为止。

唯独有个年轻的德国男爵——我们叫他西格弗里特好了，却似乎对具有不可抗拒的诱惑力的赌博和良好的赌风不感兴趣。就算所有的人都跑到赌场上去了，就算他完全失去了进行他爱好的有意义娱乐的办法和希望，西格弗里特也宁肯要么在孤寂的小径

---

① 德国著名温泉浴场，在汉诺威附近。
② 一种在庄家和押家间赌输赢的扑克牌戏，与我国解放前的牌九类似。

上散步,以驰骋自己的幻想,要么在房中拿起这本那本书来读,甚至还尝试着写诗撰文。

西格弗里特年轻富有,无牵无挂,仪表堂堂,风度优雅,因此自然受人尊重、爱慕,在与女士们打交道时一直是个幸运儿。而且不管干什么,他一上手仿佛总是吉星高照,无不成功。人们谈论着他一次次惊险离奇的艳遇,说其他任何人碰上了准保大倒其霉,而他偏偏就应付裕如,逢凶化吉,真是难以置信。说起他的好运气,熟悉他的老人们更津津乐道一段在他未成年时发生的关于表的故事。当时他还处于长辈的监护之下,在一次旅途中不期然出现了极大的经济困难,仅仅为了继续前进,便不得不卖掉自己那块镶了许多宝石的金表。他本已打算把这只珍贵的表贱价抛出,谁知在他下榻的旅馆里住着一位年轻侯爵,此人碰巧要找这么一件宝物,便付给了他比表的价值更多的钱。一年过去了,西格弗里特已经自立,他到了另一个城市,在报上读到一条用抽彩的办法出售一只表的启事。他买了一张不值几文钱的彩票,结果赢回来了他卖出去的那块镶着许多宝石的金表。不久,他又用这块表换了一枚贵重的戒指。后来,他在G侯爵手下当了短时间的差,临离职时,侯爵赠给他一件纪念品,想不到又是那只镶着许多宝石的金表,而且还配了一条很值钱的表链!

从这只表的故事,人们自然又扯到西格弗里特死不碰牌的倔脾气,说以他那样的好运气,真是难以理解。不过,众人很快便取得了一致的看法,认为男爵尽管具有其他优秀品质,骨子里却是个吝啬鬼,胆子小,心眼窄,输一点点钱也受不了。其实,男爵的作风本身就完全推翻了这种说法，可对此却谁也不加理会，跟常有的情形那样，世人往往渴望对一位品格高尚的人的名誉提出疑问，并且也总能——虽然仅仅只在自己的想象中——找到这种疑问；因此在把西格弗里特对赌博的反感作了上述解释后，大伙儿便心安理得了。

男爵很快便知道了人家对他的闲话。作为一位心高气傲、豁达开朗的人，他最恨最反感的莫过于吝啬了，因此决定不管自己多讨厌赌博，也要去输掉几百金路易，以洗去蒙受的嫌疑，打一打诽谤者的嘴巴。

男爵上了牌桌，决心无论如何也要把装在口袋里的一大笔钱输掉。谁料跟他做任何事情一样，运气始终忠实地伴随着他。他押每一张牌都赢。那班精于此道的赌棍再怎么老谋深算，仍通通败在他的手下。他改押其他牌也好，老押同一张牌也好，反正都是赢，赢，赢。如此牌风大顺，男爵几乎要发起火来，这在他本人是近乎情理的表现，对于一个赌客却十分稀罕。因此大伙儿都忧心忡忡，面面相觑，生怕男爵这个本来就怪僻的人最后会发狂；要晓得一个赌客必定是神经错乱了，否则是绝不至于因为运气好而生气的。

男爵赢了一大笔钱，这就逼着他继续赌下去，以实现他原定的计划。根据一般情况判断，大赢之后必有大输。男爵的情况却大出人们所料，他后来的手气始终和开初一样好。

不知不觉间，男爵心中也产生了对法娄牌的兴趣，而且越来越浓。说起法娄牌，它赌法虽然简单，却最要人老命。

如今，男爵不再讨厌自己的好运气，赌博已经迷了他的心，使他通宵泡在赌场里。现在吸引他的已不是输或赢，而是赌博本身，因此他最终不得不相信赌博的特殊魔力；从前，他是绝对不承认朋友们所讲起的这种魔力的。

一天夜里，庄家刚发完牌，男爵一抬头便看见自己对面站着一个老头子，用忧郁而严肃的目光死死盯着他。以后，每当男爵玩着玩着抬起头来，目光总和这个陌生人阴沉沉的目光相遇，心里禁不住产生一种压抑和不祥的感觉。一直到牌局散了，陌生人才离开赌场。第二天夜里，他又站在男爵对面，用他那双幽灵似的阴沉沉的眼睛，直直地瞪着男爵。男爵仍然耐着性子；可到了第三夜，陌生人又来了，又目光灼灼地盯着他，他便发火了：

"我说先生，我必须请您另外找个位置；您现在这样妨碍我玩牌呢。"

陌生人苦笑着鞠了一躬，一句话没讲便离开牌桌，走出赌场去了。

接下去的那天夜里，陌生人却仍出现在男爵对面，眼里射出阴冷的光，像是想把男爵的身体看透似的。

这一来，男爵便气得比昨天夜里更厉害了：

"先生，您如果这么猴子似的瞅着我让您心里好受的话，那我劝您另外选个地点和时间，眼下您可给我——"男爵用手一指门，代替了几乎脱口而出的粗话。

和前一天一样，陌生人又苦笑了笑，点了点头，走出大厅去了。

赌博、酗酒，特别是那个陌生人在他心头引起的气恼和激动，使西格弗里特怎么也睡不着。曙光已经照临，陌生人的影子还在他眼前晃动。男爵看见他那张给人留下强烈印象、皱纹很深、饱经风霜的脸，看见他那对死死盯着自己、阴郁深陷的眼睛，发现他尽管衣着寒酸，举止却还文雅，说明他是个颇有教养的人。——还有陌生人受到申斥时忍辱退让的态度，以及他强压着巨大悲痛离开赌场时的神情！——

"不！"西格弗里特大声自言自语道，"我不该这样对待他！——很不该！——难道我的身份允许我像个鲁莽小伙子似的，无缘无故就训斥人家，侮辱人家么？"

末了，男爵甚至确信，陌生人之所以死死盯着自己，是因为他痛感到了他们两人之间的巨大差异：在同一时刻，他自己穷困潦倒，苦苦挣扎；男爵却挥金如土，豪赌不已。男爵决定，第二天早上就去找陌生人，挽回昨天的事情。

说也凑巧，男爵在林荫道上散步所碰见的第一个人，便是那个老头儿。

男爵招呼他，诚恳地就自己昨天晚上的行为向他道歉，请他务必原谅自己。陌生人说，他完全没有什么可以怪他的，因为一个赌客赌到了兴头上，就顾不得这些那些了，人们必须包涵他，更何况自己是固执地老站在一个位置上，妨碍了男爵玩牌才挨骂的呢。

接下去，男爵便谈到生活中往往有些尴尬的时候，使一个有教养的人也感到痛苦、颓丧；然后相当明显地表示，他准备把自己赢的全部钱或者更多一些送给陌生人，设若这样做能对他有所帮助的话。

"先生,"陌生人回答,"您当我手头十分拮据么?才不是呢。就我目前所过的简单生活来讲,我与其说穷,毋宁说富。再则,您自己也会同意我的下述看法:您以为侮辱了我,便想花一笔钱来挽回此事,我作为一个有体面的人断断不能接受,更何况我还是一个骑士。"

"我相信,"男爵尴尬地回答,"我相信我明白了您的意思,因此准备奉陪,如果您要求的话。"

"呵,天啊!"陌生人接下去说道,"呵,天啊!我俩之间要决斗可太不相当啦!——我确信,您和我一样不会把决斗当儿戏,而且也绝不至于认为,几滴鲜血,也许是从划破的指头上流出来的,就能洗刷干净遭到玷污的荣誉吧。在这个世界上,的确也有两个人不能并存的情况,即便一个住在高加索,另一个住在台伯河①,但只要一想到自己的仇人还活着,他们便势不两立。这时就该由决斗来回答问题:谁该向谁腾出地球上的这块地方。——至于我们之间呢,我刚才说过,要作为决斗双方是太不相当了,因为我的生命远不如您的高贵。要是我戳倒了您,那就杀死了一个前途远大的人;而我被戳倒了呢,则仅仅结束了一个可怜人饱经忧患的痛苦的一生!——但主要的,还是我根本不认为自己受到了侮辱。——您叫我走,我走就是呗!"

陌生人讲最后一句话的声调,流露出了他内心感到的屈辱。

---

① 高加索在中亚,台伯河在意大利。

这就足以使男爵再一次向他表示抱歉，说自己也不知道为什么，陌生人的目光就像钻了他的心似的，使他简直不能忍受。

"可能，"陌生人说，"可能我的目光真的钻进了您心里，使您意识到自己正处在危险当中。您年轻豪爽，站在悬崖边上还高高兴兴的，岂知只需再轻轻一推，您就会掉到无底深渊去啊。——一句话，您正要变成一个狂热的赌徒，正要自己毁掉自己。"

男爵断言，陌生人是大错特错了。他详细讲述了自己怎样玩起牌来的，声称他毫无赌瘾，唯一的希望只是输掉几百个金路易，一旦目的达到，马上就可断赌；只可惜至今赌运是太好了。

"哎，哎，"陌生人说，"这样的赌运才是最险恶的敌人和最可怕的诱惑呢！正是您玩牌时的好运气，您第一次上赌场的情形，您在牌桌上的整个神态——它清楚地表明您对赌博的兴趣越来越浓，这一切的一切，都让我生动地回忆起一个不幸者的可怕遭遇。这个人和您有许多相似之处，而且也是像您一样开始玩起牌来的。因此，我忍不住要目不转睛地瞧着您，忍不住想用言语告诉您我原本要以目光让您猜出的意思！——啊，快看，魔鬼正伸出利爪来拖您下地狱去啦！——我真想对您这么喊。——我渴望与您结识，现在我至少成功了。——请听我给您讲刚才已提到的那个不幸者的故事吧，这样您也许会相信，我认为您处境极端危险，对您发出警告，并不是我自己凭空臆造，想入非非。"

陌生人和男爵两人在僻静处找了一条长椅坐下来，接着，陌生人便开始讲下面这个故事：

梅内尔骑士有着和您——男爵阁下一样出类拔萃的品格，因此博得了男人的敬仰与钦佩，还有女士的宠爱。只是在财富方面，他运气赶不上您。他可以说相当穷困，必须节俭度日，才勉强维持住一位世家子弟的门面，不致丢脸。哪怕输掉很少一点儿钱吧，也会使他心痛，破坏他的整个生活，因此他从来不敢进赌场；加之他又对赌博毫无兴趣，所以要做到不赌也很容易。除此之外，他干任何事情都特别顺利，竟使人家把"梅内尔骑士的好运气"变成了口头禅。

一天夜里，他打破了自己的习惯，被人硬劝着进了赌场。陪他一道去的朋友很快都入了局，一个个玩得难分难解。

骑士却心不在焉地一会儿在大厅里踱来踱去，一会儿又盯着牌桌，看见金元正从四面八方流到庄家面前去。这当儿，一位老上校发现了骑士，突然大声喊道：

"老天啊！梅内尔骑士和他的好运气不是到咱们中间来了吗？咱们之所以老不赢，就因为他既未站在庄家一边，也未站在咱们一边。这样下去可不成，我得马上请他来为我下注。"

不论骑士说自己牌艺低劣也好，缺乏经验也好，上校都不答应，结果硬把他拉上了桌子。

他的手气正好和您——男爵阁下一样，牌张张顺手，不一会儿就为上校赢了一大堆钱。上校对自己借用梅内尔骑士的好运这个妙主意高兴得不得了。

骑士的赌运尽管让所有人惊异，对他自己却未产生丝毫影响；是的，他本人也不知为什么这么一来，反而更加讨厌赌博了。他硬撑着熬过了那一夜，第二天清晨精疲力竭，便下了最大决心，以后无论如何也不再跨赌场的门槛了。

那个老上校的做法更增强了他的决心。这家伙一摸牌就输，因此莫名其妙地想让骑士为他摆脱厄运，死乞白赖地要骑士去代他押牌，要不至少也得在他赌钱时站在他身边，用骑士的福体祛除那个老是把输牌推到他手中的妖魔。——众所周知，在赌友中间比哪儿都有更多无聊的迷信。——骑士只是在态度十分严厉的情况下，甚至声明宁可和他决斗，也不再为他打牌以后，才摆脱了上校的纠缠；上校本来也不是个决斗爱好者嘛。过后，骑士还一直骂自己当初不该对这个老傻瓜让步。

然而，骑士赌运亨通的故事却不胫而走，甚至还牵强附会地加上了种种离奇神秘色彩，把骑士描绘成了一个能与鬼神打交道的人。骑士尽管赌运很好，却不摸牌，这再清楚不过地表明他性格坚毅，更增加了人们对他的敬重。

大概又过了一年，骑士由于意外地失去了一小笔维持生活的款子，陷入了极其狼狈困窘的境地。他不得已向自己最忠心的朋友告穷，朋友毫不迟疑地帮助他，给了他所急需的款子，同时却又骂他是古往今来第一大怪人。

"命运在向你我招手，"他说，"告诉了我们走什么路子去寻找并且找到自己的幸福；只有我们麻木不仁，才不加注意，不予理会。我们头上的神灵已凑近你的耳朵，明明白白地告诉你：'喂，你要发财吗？那玩牌去吧！否则你会终生穷困潦倒，无以自立。'"

到了这会儿，他心里才生动地出现了自己在牌桌上大走红运的情景，于是醒来梦里都只看见一张张的牌，听见庄家那一声声单调的"赢——输"、"赢——输"，以及金元叮叮当当的响声。

"可真是哩，"他自己嘀咕道，"像那天的情况，我一夜之间便可脱离穷困难堪的处境，不再成为自己朋友的拖累；是的，我有义务听从命运的召唤。"

那位劝他去玩牌的朋友，陪他进了赌场，又给了他二十个金路易，使他能放心大胆去下注。

要是说骑士上次为老上校已经押得很准了的话，这回就更是如此。他只管闭着眼睛不加选择地下注好了，反正都是赢，仿佛不是他自己，而是一只看不见的神手，一个把运气操在手中或者干脆就是运气本身的神灵，在斟酌调弄他的牌。一夜赌下来，骑士赢了上千金路易。

第二天早上醒来，他还处在陶醉之中。他赢的金路易堆在旁边一张桌子上。有一忽儿他以为自己是在做梦，揉了揉眼睛，抓住桌子，把它拖到面前。他回忆着发生的事情，手在钱堆里掏来掏去，把它们数了一遍又一遍。这当儿，那种对于罪恶的金钱的迷恋，便第一次如烈性毒气一般渗透了他全身，使他失去了长期保持住的心灵的纯洁！

他急不可耐地盼着天黑，天黑了好去打牌。自此，他夜夜必下赌场，而且运气又好，因此不出几个礼拜便赢了很大一笔财产。

好赌的人可分两类。一类不在乎输赢，只是从赌博本身获得一种无以名状的神秘的乐趣；在玩牌的过程中，种种偶然性奇妙地凑在一起,那种冥冥之中起支配作用的力量便再清楚不过地显现出来,激励着我们的精神,使它鼓动双翼,力图飞进那朦胧的国度里去,以窥探那个制造人类命运的工场的秘密。——我认识一个人,他没日没夜地独自关在房中开局,又当庄家又当押家,依我看这人才算得上一个真正的赌迷。——另一类人,一心只想着赢钱,视赌博为一种迅速发财的手段,我们的骑士便归入这一类。由此证明,真正的更高一级的赌兴都是与生俱来,存在于一个人的天性之中这一说法是正确的。

正因为如此,他不久就觉得光当押家已施展不开,便用自己所赢的为数可观的钱开起一个局来,结果运气仍然十分好,短时间里全巴黎就数他那个局最兴旺了。作为最豪富、最走运的局主,涌到他身边来的赌客也最多,这是十分自然的事。

一个赌迷过的那种放荡粗鄙的生活,使骑士很快失去了一切曾经博得人们尊敬爱戴的优点和德行。他不再是一个忠实的朋友,快活的游伴,具有骑士风度的妇女崇拜者。他已无心于科学和文艺,也放弃了扩大自己眼界的一切努力。他那死人一般苍白的脸上,阴沉沉地射着寒光的眼里,充分流露出一种最可怕的狂热;他已被这种狂热紧紧包裹住了。——不是对于赌博的酷好,不是的;而是魔鬼亲自在他心中点燃的对金钱的欲火!——一句话,他成了世界上所能找到的最不折不扣的庄家!

一天夜里,骑士手风不如平时那么顺,可也并未怎样输。这当儿,一个干巴老头儿出现在他的局上,衣着寒酸,模样猥琐,手颤颤抖抖地抽了一张牌,押上一个金币。多数赌客见到他都吃了一惊，对他显出鄙夷的神气；但老头儿一点儿也不在乎，更没说半句不高兴的话。

老头儿输了，一盘接一盘地输了，而且他输得越多，其他赌客便越高兴。可不，老头儿把赌注一倍一倍地往上加，最后在一张牌上竟押了五百个金路易。在他翻牌的一刹那，旁边一个人大笑道：

"转运喽，韦尔杜阿先生转运喽！唉，别丧气，继续押下去吧！我瞧您这模样，临了准能大赢一注，把他这个局给炸垮的！"

老头儿恶狠狠地瞪了说风凉话那位一眼，冲出了赌场，但半小时后又跑回来，口袋里鼓鼓地装着钱。然而玩到最后一盘，老头儿只得歇手，他取来的钱又输光了。

骑士尽管已滥赌成癖，可仍注意在自己的局上保持良好的赌风，对众人讥讽和鄙视老头儿的做法极为不满。散局了，老人已经离去，他便叫住那位说风凉话的老兄和另外几个对老头儿作践得最厉害的赌友，对他们提出了严肃的责问。

"哎，"一个赌友回答，"您不了解弗朗西斯科·韦尔杜阿这老家伙；您要了解他，就不会怪我们和我们对他的态度啦，相反还会大大称赞我们。告诉您，这个韦尔杜阿出生在那不勒斯，十五年前在巴黎住了下来，眼下是全巴黎最卑鄙无耻、凶狠毒辣的吝啬鬼和放印子钱的人，一点儿人味都没有。哪怕就是他亲兄弟痛苦得死去活来，在他面前打滚，也休想求他拿一个金路易出来救自己兄弟的命。由于他干的投机勾当，一些人，不，一些家庭便堕入了痛苦的深渊；他们都诅咒他，骂他不得好死。凡认识他的人，无不痛恨他，无不希望他遭到恶报，尽快结束他罪恶累累的一生。他从来不赌钱，至少在巴黎这十五年没赌过；因此，当这老吝啬鬼出现在局上时，难怪我们大家都很诧异。同样，我们对他输了很多钱不能不高兴；试想，要是这样的恶棍运气反倒好，那就可悲，太可悲了！很显然，这老傻瓜是让您局上的财富给迷了心窍，骑士。他原想来拔您身上的羽毛，结果反倒给烫喽。本人不解的是，韦尔杜阿这个悭吝成性的家伙，怎么能有决心下那么大的注。哼，他大半不会再来了，咱们总算甩掉了这混蛋！"

哪知事情完全出乎所料，韦尔杜阿第二天夜里又来到了骑士局上，而且押的和输的都比前一天多。他仍然不动声色，甚至有时还自我解嘲地苦笑一下，好似他已经预先知道，风向很快就会完全转过来。可是，接下来几天夜里，老头儿输的钱跟滚雪球似的越滚越快，越滚越多。有人最后替他算了一下，他已在骑士局上送掉三万金路易。后来有个夜晚，牌局已经开始了很久，他才面无人色、目光迷茫地走进来，站在离牌桌老远的地方，眼睛瞟着骑士正在翻的牌。终于，骑士重新洗完牌，让人端过了，正准备开第二盘，老头儿却突然嘎声哑气地喊道："且慢！"把几乎所有赌客都吓得回过头去。只见他拼命挤过人群，来到骑士身边，凑近他耳朵压低嗓门儿说：

"骑士！我在圣沃诺内街的住宅连同家具、陈设、金银、珠宝，统统估计在内，总共值八万法郎，这个注您敢认吗？"

"请吧。"骑士冷冷地回答，连瞧都没瞧老头儿一眼，便开始分牌。

"皇后！"老头儿嚷道。

翻牌结果，皇后输啦！——老头儿一个趔趄退了回去，身子靠在墙壁上动弹不得了，就像根石头柱子似的。以后便谁也不再去理睬他。

散局了，赌客们纷纷离去，骑士和他的助手们将钱装进了银箱；这时，韦尔杜阿老头儿才跟个幽灵似的从角落里踱出来，到骑士跟前，用有气无力的低沉的嗓音说："还有一句话，骑士，就一句话！"

"嗯，啥话？"骑士问，一边从银箱上拔下钥匙，然后露出鄙夷的神气，从头到脚打量着老头儿。

"我的全部家产，"老人接下去说，"都败在了您的局上，骑士，一点儿也没剩给我，丝毫也没剩给我，我已不知道明早去何处安身，用什么来填自己的肚子。没奈何，我只好找您，骑士。求您从赢我的钱中，借个十分之一给我吧，好让我拿去重开旧业，挣脱这可怕的困境呵。"

"瞧您想到哪儿去啦，"骑士回答，"瞧您想到哪儿去啦，韦尔杜阿先生！您难道不晓得，庄家从来不能把他赢的钱借出去么？这是从来就有的规矩，咱可不干违背规矩的事儿。"

"您讲得对，"韦尔杜阿继续说，"您讲得对，骑士。我的要求是不像话，太过分了，竟要十分之一！——不，不，就借我二十分之一吧！"

"老实告诉您，"骑士不耐烦地回答，"我从自己赢的钱里一个子儿也不借出去！"

"也是实话,"韦尔杜阿脸色越发苍白,目光越发呆滞,说,"也是实话,您的确不能借任何一点儿钱出来——我过去也是这样的!——不过,您就算打发一个叫花子,从您今天的飞来之财中施舍我一百个金路易吧!"

"果真名不虚传,"骑士怒气冲冲地吼道,"您老兄真会折磨人呢,韦尔杜阿先生!实话对您讲,您从我这儿别说一百个金路易,五十个金路易——就连二十个金路易,一个金路易也得不到。我除非疯了,不然就绝不会借哪怕一点点钱给您,使您能够重新去做那可耻的买卖。命运已把您像条毒蛇似的踩到了泥土里,再扶您起来就是罪过。去吧,您活该倒霉!"

韦尔杜阿双手捂面,长叹一声,蹲到了地上。骑士吩咐助手把银箱搬上马车,然后提高嗓门问道:

"喂,您什么时候移交您的住宅、您的财产,韦尔杜阿先生?"

韦尔杜阿从地上站起来,口气坚决地回答:

"现在——立刻,请跟我走吧,骑士!"

"好的,"骑士说,"您可以搭我的车,回您那明天一早就要永远离开的家去。"

一路上,骑士也好,韦尔杜阿也好,谁都一言不发。——到了圣沃诺内街的住宅前,韦尔杜阿拉了拉门铃。一个老婆婆出来开门,一见韦尔杜阿就唠叨开了:

"呵,上帝,您到底回来啦,韦尔杜阿先生!昂热拉为了您已急得半死了!"

"别嚷嚷，"韦尔杜阿回答，"上帝保佑，千万别让昂热拉听见这门铃声啊！不能让她知道我回来了。"

说着，他便从惊呆了的老婆婆手中接过燃着许多支蜡烛的烛台，走在前面为骑士照路。

"我对一切都心中有数，"韦尔杜阿说，"您恨我，瞧不起我，骑士！您毁了我，您自己和其他人都因此感到开心，可您并不了解我。我告诉您，我曾经也是一个跟您一样的大赌家，运气之好和您今天不相上下。我到过半个欧洲，在多多赢钱的欲望引诱下，哪儿大赌便去哪儿，我局上的金元越堆越高，就跟您眼下似的。我有一个美丽忠实的妻子，却把她置之不顾，让她在众多的财富中凄苦度日。一次，我在热那亚设局，一个年轻的罗马人把一大宗遗产全部输在了我局上。就像我今天求您一样，他也求我借给他一点儿钱，使他至少能够回故乡去。我哈哈大笑，断然拒绝了他；他气疯了，绝望之中从身上拔出一把匕首，一下子深深刺进了我的胸部。医生们好容易才救了我的命，可我长期卧床不起，痛苦难挨。这时我妻子照护我，安慰我，在我痛不欲生之际鼓起我活下去的勇气。随着伤势慢慢好转，我心中朦朦胧胧产生了一种感觉，这感觉越来越强烈，越来越强烈，在我还是从来不曾体验过的。作为一个赌徒，我丧失了一切人的情感，全不了解爱情是什么东西，一个妻子的忠诚眷顾有什么意义。这当儿，我心灵上产生了内疚，觉得为那罪恶的勾当而牺牲了自己的妻子，很对她不起；与此同时，那些一生幸福乃至生命都被我冷酷地葬送了的人的影子，又像复仇幽灵似的不断出现在我眼前，令我痛苦万分。我听见他们从坟墓中发出沙哑低沉的喊叫,诉说我播下的诸多罪孽。只有我的妻子能够驱走我无名的痛苦,以及往后时时向我袭来的恐怖!——我发了誓,从此再不摸牌。我躲在家中,断绝了一切联系,抵抗住了我那些伙计们的诱惑;这些人离不开我和我的好运气。我在罗马郊外买了一幢别墅,伤好以后便带着妻子逃到了那儿去。唉,可惜好景不长,我只过了一年好日子,在这一年中获得了意想不到的安宁、幸福和满足!我妻子为我生了一个女儿,产后几个礼拜便离开了人世。我绝望了,怨天怨地,也诅咒我自己,诅咒我从前所过的罪恶生活,因为它天神今天才给了我报应,夺走了我的妻子,夺走了使我免于毁灭、唯一给了我安慰与希望的人!就像一个害怕孤独的罪人一样,我离开了罗马乡下的别墅,逃到巴黎来了。昂热拉长大了,温柔可爱得跟她母亲一模一样。她是我的心肝,为了她我才感到必须获得一宗巨额财产,并且使其不断增加。不错,我是放印子钱;但要说我欺骗借债人,却纯属无耻诽谤。那些中伤我的是些什么人呢?一班轻浮之辈罢了!他们不断地来折磨我,要我借钱给他们;可钱一到手,他们又随意挥霍,好像扔破烂似的。但这些钱并不属于我,而属于我女儿,我把自己只不过看成是她的管家而已,因此就要无情地去追讨债款,这一来那班人便受不了了。前不久,我借了一大笔钱给一个青年,使他免遭屈辱与毁灭。他当时一贫如洗;我在他后来继承一宗巨额财产之前压根儿没想到要他还。过后我去找他讨债。——您猜怎么着,骑士,这轻狂之徒竟忘记了我对他的救命之恩,公然赖起账来。我不得已诉诸法庭，法庭强迫他还钱，他便骂我是一个卑鄙的吝啬鬼。——我还可以给您讲很多这类的故事，它们使我在碰上轻狂卑劣的人时，变得冷酷无情起来。——此外，我还可以告诉您，我已经多次因悔恨而痛哭流涕，并为我和我的昂热拉向上天祈祷。不过，您也许会认为我是在撒谎哄您，或者根本不当这是一回事，因为您是一位赌客呀！——我原以为，上帝已经宽宥了我；谁知才是妄想！因为他让魔鬼来引诱我，给我造成了空前的灾难。他让我听说了您的赌运，骑士！每天都有人对我讲，谁跟谁又在您局上赌输了，沦为了乞丐。我于是便心血来潮，以为命运注定我要以自己始终保持着的好赌运来对抗您的赌运，以为命运将假我之手，来终止您的为非作歹。这样一个纯属狂妄的念头，搞得我食不甘味，卧不安寝。这样，我便上了您的局；这样，我便没命地狂赌下去，直至我的财产——昂热拉的财产，完全成了您的！如今一切全完啦！——您该会允许我女儿把她的衣服带走吧？"

"您女儿的穿戴与我无关，"骑士回答，"您还可以把床铺和必需的用具也搬出去。我拿这些破烂儿何用！不过您得当心，别偷偷弄走任何一件属于我的有价值的东西。"

韦尔杜阿老头儿一声不吭地瞪了骑士几秒钟，然后泪如泉涌，完全失去了自制，痛苦而绝望地跪在骑士脚下，举起双手来喊道：

"骑士啊，您要是心中还有一点点人的感情，就可怜可怜我吧！可怜可怜我吧！——将被您推下毁灭深渊的不是我，而是昂热拉，我那跟天使一般纯洁的昂热拉！——啊，可怜可怜她吧！借给她，借给我的昂热拉她那被您抢去的财产的二十分之一吧！——啊，我知道您会接受这个请求。——啊，昂热拉！啊，我的孩子！"

老人不断地啜泣，哀嚎，呻吟，以撕肝裂肺的声音呼唤着自己女儿的名字。

"瞧您又做起戏来啦，真没意思，真无聊。"骑士无动于衷，深表厌恶地说。然而就在此刻，房门一下子大打开了，一个穿着白色睡衣的女孩子冲了出来，头发散乱，面色惨白，跑上前去扶起韦尔杜阿老头儿，双手把他抱住，嘴里喊着：

"啊，我的父亲，我的父亲！——我听见了，全都听见了！——你说你已经失掉了一切吗？一切吗？难道你不还有你的昂热拉？一定要钱和财产干什么呢？难道昂热拉不能供养你，照料你么？啊，父亲，别再对这个卑鄙下流、没心没肝的人低声下气啦。——穷而可怜的不是我们，而是他，是这个拥有大量肮脏财富的人；因为他遭到众人唾弃，处于可怕而绝望的孤独之中。在这广大的世界上，没有一个真心爱他的人，在他对人生绝望，对自己绝望之际，与他开诚相见。——走吧，父亲，跟我一块儿离开这所房子，越快越好，别让这个可怕的家伙老拿你的痛苦开心！"

韦尔杜阿老头儿神志恍惚地跌在一把椅子里，昂热拉跪在他脚边，拉着他的手又是吻，又是抚摸，一边还小孩儿似的述说着自己的种种知识和技能，表示要用它们去挣钱供养自己的父亲，并且眼泪汪汪地求他老人家一定不要再难过，说什么她要是能为了赡养父亲而刺绣、缝纫、唱歌、弹琴,不只是仅仅为了好玩的话,那么生活对她就真正有了意义。

昂热拉用温柔甜蜜的话语安慰着自己的老父亲,打心坎里流露出对他的挚爱和孝敬,使这位少女身上仿佛蒙了一层圣洁美丽的光辉。此情此景,又有谁,又有哪个执迷不悟的罪人,见了能无动于衷呢?骑士的感受更有所不同。他良知复萌,心里跟下了地狱似的充满着痛苦和恐怖。昂热拉恰似上帝派来惩罚他的天使;在她的光辉面前,拥护他为非作歹的雾瘴尽行散去,他那十恶不赦的自我原形毕露,使他一见之下大为震动。

地狱之火在他胸中熊熊燃烧;但在这地狱之中,也闪过了一道神圣的光芒,带给他心里以天国的幸福与欢乐,然而也正因为如此,他那无名的痛苦就更加难以忍受了!

骑士有生以来还未恋爱过。他在看见昂热拉的一刹那,心中既产生了热烈的爱情,也产生了绝望的痛苦。在天使一般纯洁温柔的昂热拉面前,像当时骑士这样的男人是绝无希望的。

骑士想说话,可又张口结舌说不出来。最后总算鼓足了勇气,声音颤抖、结结巴巴地说道:"韦尔杜阿先——先生,听——听我说!我没——没有——赢——赢您的钱,一点儿也——也没有!那是我的银——银箱,归——归您啦。——不!——我还要给您更——更多!我欠——欠了您的债。收——收下吧!收下吧!"

"呵,我的孩子!"韦尔杜阿惊呼;可昂热拉站起来走到骑士面前,眼神骄傲地望着他,庄重而平静地说:

"骑士,您听着,世界上还有比金钱和财产更可贵的东西,那就是您所不了解的高尚思想,这种思想使我们心中充满天国的安慰,指示我们以藐视的态度拒绝您的施舍与恩惠!——收起您的钱吧,它将给您这个没心没肝的下贱赌徒带来永远也逃不掉的诅咒!"

"是啊!"骑士大吼一声,目光疯狂,声音可怕,"是该受诅咒!——我愿意受诅咒,愿意被打下十八层地狱,如果什么时候我再摸牌的话!——在这种情况下,您要是还赶我走,昂热拉,那就是您,就是您带给了我不可挽救的毁灭。——啊,您不知道,您不理解我——您也许会叫我疯子——,可您将会感觉到的,将会知道一切,在我有朝一日脑浆迸流地倒在您面前的时候!——昂热拉,我不是生,就是死!——别了!"

说完,骑士便绝望地冲出门去。韦尔杜阿看透了他,知道他心里是怎么回事,便极力打通昂热拉的思想,使她明白将会出现某些情况,使他们有必要接受骑士的礼物。昂热拉在听懂了父亲的话之后大吃一惊。她看不出在将来有任何改变对骑士的藐视态度的可能。

然而,一个人的命运往往在他自己还不知不觉之间,已从他心灵最深邃的地方开始成形,最后使料想不到的事成为现实。

骑士好似从一场噩梦中突然醒来,发现自己正站在地狱的深渊旁边,面前有个光辉灿烂的形象,他伸出双手去抓又抓不着;她出现在面前并非为了救他,相反只是为了提醒他,他就要掉下地狱去了啊。

使整个巴黎感到奇怪的是,梅内尔骑士的牌局从赌场中消失了,他本人也不知去向。于是谣言四起,一个比一个离奇。骑士避免与任何人接触,自个儿在那里饱尝着相思的苦味。一天,他在马门松公园的幽径上走着,不期碰上了韦尔杜阿老头和他的女儿。

原以为只能以厌恶与蔑视的眼光看他的昂热拉,这时发现骑士脸色苍白、心慌意乱、诚惶诚恐地站在自己面前,连头也不敢抬,心里异常感动。她知道得很清楚,自从那个可怕的夜晚以后,骑士便戒了赌,生活方式也来了个彻底改变。而这一切又都是她,是她一个人促成的;是她把骑士救出了罪恶的渊薮!试问,还有什么会比这个更能满足一个女子的虚荣心呢?

所以,在韦尔杜阿和骑士寒暄了几句以后,昂热拉就以透着温柔与同情的语气问道:"您怎么啦,梅内尔骑士?看样子您是病了或不高兴吧?说真的,您该去看看医生才好哩。"

可以想象,昂热拉这几句话给了骑士心中以怎样的希望和安慰。他立刻变成了另一个人,抬起头来,说出了从心灵深处涌到嘴边的话;用这样的话,他本可以打动所有人的心。韦尔杜阿老头儿提醒他,希望他别忘了去接收他所赢得的住宅。

"好的,"骑士兴高采烈地回答,"好的,韦尔杜阿先生!我要来,我明天就到府上来。不过,您得允许咱们仔细谈一谈条件,即使谈几个月也不要紧。"

"行啊行啊,"韦尔杜阿笑吟吟地回答,"我想,只要慢慢儿来,一切都是好说的,包括目前咱们还肯去想的事。"

这以后,骑士由于心中宁贴了,便又恢复了他在染上赌瘾之前具有的种种优点，变得殷勤和蔼了。他拜访韦尔杜阿老先生越来越勤了，他的守护神昂热拉对他也越来越倾心，直到终于相信自己是全心全意地爱他了，便答应了他的求婚。韦尔杜阿老头儿大喜若狂，对他把家产输给骑士这件事总算完全放了心。

一天，骑士幸福的未婚妻坐在窗前，脑子里转着一般做未婚妻的女子总有的甜蜜愉快念头。这当儿，窗下响起一阵欢快的军乐声，原来是一个猎奇兵团正开赴西班牙前线。昂热拉同情地注视着那些注定去可怕的战争中送死的人们。突然，队伍中一个非常年轻的小伙子勒转马头，仰起脸来望着昂热拉，使昂热拉手脚一软，便倒在了椅子里。

唉，这个正要去送死的年轻骑兵不是别人，正是迪韦内特，昂热拉一位邻居的儿子。他从小与她一起长大，几乎天天都在她家里玩，直到梅内尔骑士出现以后，才不再来了。

从小伙子满含责备的目光中——这目光里也有死亡的痛苦，昂热拉如今不只看出他说不出地爱她，不，她也看出自己对他也是一往情深，怪只怪过去没有意识到，只一味让骑士身上越来越明亮的光辉迷惑了自己。如今，她懂得了那小伙子为何唉声叹气，懂得了他对自己耐心的默默无言的追求；如今，她才懂得了自己那颗不平静的心，知道了为什么每当迪韦内特来到，每当听见他脚步声的时候，自己心中会那么激动。

"晚了，太晚了，我已永远失去了他！"昂热拉在心里说。稍后，她鼓起勇气，克制那撕碎她心肝的绝望情绪；由于她有勇气这么做，也就做到了。

可是尽管如此，出现了干扰这点仍未逃脱骑士锐利的目光；不过，他考虑问题很细心，绝不去揭开这个她觉得有必要对他保守的秘密，只满足于提前和她结婚，以彻底挫败任何可能的情敌。他把婚礼安排得极有分寸，很好地照顾了可爱的未婚妻目前的处境和情绪，使她又一次赞叹自己丈夫殷勤的为人。

骑士对妻子体贴入微，百依百顺，真诚敬重，无比钟爱，使昂热拉心中对迪韦内特的思念很快便自然地完全消失了。给他俩明媚的生活投下第一片阴影的，是韦尔杜阿老头儿的病倒和去世。

自从那夜把家产全部输给骑士以后，他再没摸过牌；谁知道到了弥留之际，他的心灵却似乎全让赌博给占据了。牧师来给他送终，对他讲升天之道，他却躺在床上闭着眼睛，牙齿缝里不住地喃喃着"输——赢"、"输——赢"，一双垂死时颤抖的手还不停比划，就跟在发牌和抽牌似的。昂热拉和骑士俯下身，亲切地唤着他的爱称，他都视而不见，似乎已认不得他们。临了，他发自肺腑地叹息了一声，说出一个"赢"字，便咽了气。

昂热拉痛苦万分，每想起老人临终的情景心里就害怕。她第一次看见骑士那个可怕的夜晚——当时他还是个不可救药的、没有心肝的赌棍——又历历在目，她担心有朝一日骑士会扯下天使的面具，重新开始旧日的生活，现出他那魔鬼的原形。

昂热拉这可怕的预感，不幸很快成了现实。

韦尔杜阿老头儿临终仍念念不忘过去的罪恶生活，竟藐视教会的安慰，令梅内尔骑士也感到不寒而栗。他自己也不知怎么回事，从此以后就老想到赌钱的事，夜夜做梦都坐在局上，赢来一堆又一堆的钱。

昂热拉呢，她越受到对骑士本来面目的回忆的袭扰，便越闷闷不乐，对骑士也不能像过去那样温柔信赖了。同样，骑士心里也产生了怀疑，以为昂热拉的郁郁寡欢与曾经扰乱过她心境、至今仍对自己秘而不宣的那桩隐情有关。于是怀疑产生出烦闷与气恼，他动不动就发脾气，伤了昂热拉的心。由于心理上的奇妙反作用，对不幸的迪韦内特的思念又在昂热拉胸中复苏，她对两人的爱情造成了不可挽救的破坏，从年轻的心房中萌生的最绚丽的花朵遭到了摧残，产生了绝望的情绪。夫妇俩感情越来越坏，骑士觉得生活在家里单调寂寞，枯燥无味，急欲到外面去活动活动。

骑士的厄运重新降临。他内心的烦闷和气恼引起的演变，由一个坏家伙来最后完成了。此人是骑士过去局上的一个助手，他劝死劝活，硬要拉骑士下赌场去，那劲头令骑士也感到可笑。他狡狯地说，他简直想不通，骑士怎能为一个女人就抛开那唯一使他值得在世上活一场的事。

没过多久，梅内尔骑士的牌局便金光灿烂，比任何时候都更兴旺了。他照样赌运亨通，对手一个接一个倒下，他的财富也越聚越多。然而，昂热拉的幸福却如春梦一场，从此遭到了破坏，可怕地遭到了破坏。骑士对她漠不关心，甚至表示轻蔑！他常几周几周、几月几月才见她一面，家事全部丢给一个老管家处理，而且对佣人是想换就换，弄得昂热拉在自己家里也成了陌生人，从谁那里都得不到一点点的安慰。她经常在失眠的夜里听见骑士的马车在大门口停下，沉重的银箱被拖上楼来，骑士粗声大气地吩咐这个那个两句，便砰的一声关上了他那离得远远的卧室的门。这时候，昂热拉便热泪纵横，心如刀绞，在深沉的哀痛中千百遍地呼唤迪韦内特的名字，恳求万能的主快快了却她这悲惨凄凉的残生！

后来发生了一件事：一个良家子弟在骑士局上输光了全部家产，便在赌场中，在骑士设局的赌台边上，朝自己头上开了一枪，血污和脑浆直溅到赌客们身上，一个个吓得四散逃奔。唯有骑士不动声色，他问那班打算回家去的赌友：这样为了个没气派的傻瓜便提前散局，可符合赌场的老规矩？

这件事大为轰动。连一些最堕落、最狠毒的烂赌棍，也对骑士这史无前例的行径忿忿不平，于是乎所有人都起来反对他。警方取缔了骑士的赌局。还有人控告他弄虚作假；而当作铁证的，便是他那闻所未闻的好赌运。他怎么洗刷也洗刷不了，结果被处以罚金，夺去了他财产的很大一部分。他遭人唾骂，受人蔑视，他便又回到了备受虐待的妻子怀抱中。浪子回头，昂热拉也高高兴兴地欢迎他。想到自己的父亲也曾在狂赌之后收了手，她心中又产生出一线希望：如今骑士又是上了年岁的人，从此该真的改邪归正了吧。

梅内尔骑士带着妻子离开巴黎，迁居到了昂热拉出生的城市热那亚。

在热那亚，骑士起初还老老实实地待在家里。可是，他与昂热拉之间恬静的夫妻生活一经遭到魔鬼的破坏，要想恢复就怎么也不行了。不久，他心里又产生出烦躁情绪，逼着他一天到晚在外面跑，一刻不得安宁。他的坏名声也跟着他从巴黎传到了热那亚，使他不敢去设局，尽管他心痒难熬，急欲一试。

当时，在热那亚最有钱的局主是一个受了重伤不能再服役的法国上校。骑士心里怀着对他的嫉妒和仇恨，来到了上校局上。他希望自己鸿运如初，能马上结果掉这个对手。上校呢，却一反常态，变得快活而幽默起来，高声对骑士说道："有赌运亨通的梅内尔骑士到我局上来，玩牌才真正有了一点儿意义；眼下可以进行那场唯一让我对赌博发生兴趣的战斗啦！"

事实上，骑士在头几盘手气仍然很好。他便相信了自己的赌运不可战胜，终于叫了一声"Va banque"①，结果一下子输掉很大一笔钱。

在这之前时输时赢的上校，洋洋得意地把赢的钱捞到自己身边。从此以后，骑士便完全倒了运。

他夜夜赌，夜夜输，直到他全部财产萎缩成了手中仅存的几千杜卡登票据。

为了把这些票证兑现，他整天在外面跑，傍晚很迟才回家。可夜幕一降临，他口袋里揣着最后一点儿金币又往外走，昂热拉猜准他要去哪儿，便出来拦住他，跪在他脚下泪如泉涌，求他看在圣母和全体圣者的分上，别再去干那可怕的勾当，别把她推下痛苦穷困的深渊。

骑士扶起她来，心情沉痛地把她抱在怀中，声音低低地说：

---

① 法语："炸局"，意即下一个与庄家台面上全部赌金相等的大注，一举打垮庄家。

"昂热拉，我亲爱的，我的好妻子！这是没有办法的事啊，我必须去，我不能不去。可明天，明天你的一切忧愁都会没有了，我以支配我们的永恒的命运起誓，今天赌最后一次！——放心吧，我的好乖乖！去睡觉，去做一个好梦，梦见我们将来的幸福时光，美满生活，以及我今晚的好赌运！"

说着骑士便吻了吻妻子，匆匆忙忙跑出家门。

两盘下来，骑士输了个精光！

他站在上校身边呆若木鸡，眼睛茫然地瞪着台面。

"您不押了吗，骑士？"上校边洗牌边问。

"我输光了啊。"他强作镇静地回答。

"什么也没有了么？"上校发着下一盘的牌，问。

"我成乞丐了！"骑士又气恼，又心痛，声音都哆嗦起来。他仍目不转睛地瞪着赌台，对其他押家正从上校手里赢走越来越多的钱的情况却视而不见。

上校继续心平气和地玩着。

"您可还有位漂亮的妻子呐。"他压低嗓子说，对骑士望也没望一眼，手里洗着下一盘的牌。

"您这话什么意思？"骑士怒气冲冲地问。上校只顾翻牌，根本不搭理他。

又过了一会儿。

"一万杜卡登——赌昂热拉。"上校一边让人端牌，一边转过半个脸来说道。

"您疯啦！"骑士大吼一声。可同时，他已渐渐恢复了冷静，发现上校正一个劲儿地在输。

"那就两万杜卡登好了。"上校手中停下洗牌，放低声音说。

骑士默不作声，上校继续赌着，牌几乎张张都对押家有利。

"行啊。"在开新的一盘时，骑士凑近上校耳朵说，同时把皇后推到台面上。

抽牌结果，皇后输了！

骑士咬牙切齿地退到一边，绝望而面无人色地靠在窗台上。

局散了，上校走到骑士跟前，刻薄地问了一句：

"喏，这下怎么说？"

"嗨，"骑士气急败坏地吼道，"您把我变成了乞丐了。可您必定是发了狂，才想到可以赢走我的妻子。难道我们是生活在荒岛上，难道我妻子是个女奴，可以让无耻的男人任意买进卖出，赢来输去？不错，要是皇后赢了，您就得付我两万杜卡登；反过来，要是我妻子肯抛下我而跟您去的话，那就算我输掉了一切对她的权利。——随我来吧，您会大失所望的。我妻子才不会像个下贱妓女似的跟人走，而将满心厌恶地赶走您的！"

"大失所望的将是您自己，"上校讥笑道，"当昂热拉厌恶地赶走您这个使她不幸的可耻罪人，满怀欣喜地投进我的怀抱中来，您自己才会大失所望呢！当您听见教会的祝福将我与她结合在一起，无比美满，无上幸福，您才会大失所望呢！——您说我发了狂！——哈哈，我要赢的正是您对于您妻子的权利；至于她这个人，肯定是我的！哈哈，我告诉您，骑士，您的妻子可真爱我啊，这我知道的——告诉您吧，我并非别人，正是那个迪韦内特，正是那个和昂热拉青梅竹马，相亲相爱，后来却被您用鬼蜮伎俩赶走了的邻家少年！——唉，直到我不得不上战场去了，昂热拉才明白过来，明白了她是怎样爱我——这一切我现在才知道——可当时却后悔莫及了！——是魔鬼点醒了我，我可以在赌博中把您毁掉，所以便拼命玩起牌来，并跟踪您到了热那亚。如今我大功告成啦！走，见您妻子去吧！"

骑士失魂落魄地站着，像遭一千个响雷击中了似的。那神秘而可怕的命运明明白白摆在他面前，这时他才完全看清楚了自己给可怜的昂热拉造成了何等巨大的不幸。

"让昂热拉，我的妻子，决定一切吧。"他声音沮丧地说，同时跟上急急忙忙冲出去了的上校。

到了家中，上校一把抓住昂热拉卧室的门手，骑士却推开他，说：

"我妻子睡了，您想把她从香甜的睡梦中搅醒吗？"

"唔，"上校回答，"在您让她遭受了无数痛苦之后，她什么时候还能睡得香甜啊！"

上校坚持要进房去，骑士便猛然扑在他脚下，绝望地喊道：

"可怜可怜我啊！——把我的妻子留给我吧！您已经使我倾家荡产了呀！"

"想当初，韦尔杜阿老头儿也这么跪在您这个没人性的恶棍跟前，也没能使您那石头一般坚硬的心肠变软一点，眼下就是老天对您的报应！"

说完，上校又朝昂热拉的卧室走去。

骑士抢先冲到门边,一把推开门,奔向躺着他妻子的床前,用手分开帐幔,呼唤道:

"昂热拉!昂热拉!"然后俯下身去抓住她的手……蓦地却面如死灰,浑身哆嗦,声音怕人地叫喊起来:"您瞧啊!您赢到了——我妻子的尸体!"

上校惊惶失色,冲到床边。昂热拉已经没有一丝生气,她死了——死了!

上校冲空中举起拳头,狂叫一声,奔出门去。从此便销声匿迹,杳无音信!

陌生人这么结束了自己的故事,从长椅上站起来走了,大为震惊的男爵连一句话也没来得及对他讲。

几天后,有人发现他在自己房里得了脑溢血,不多一会儿便一命呜呼,临终时没说任何话。他的证件表明,这个自称包达逊的陌生人并非别个,原来就是不幸的梅内尔骑士。

男爵认识到是上天派梅内尔骑士来救他,让他悬崖勒马,便发誓无论如何不再受骗人的赌运的引诱。

直到今天,他还谨守着自己的誓言。

克雷斯佩尔顾问

译者引言

《克雷斯佩尔顾问》选自《谢拉皮翁兄弟》，是一篇典型的霍夫曼小说。它以幽默而夸张的笔触，以一个亲身经历者的口吻，由小到大，由表及里，描绘了一个怪人的状貌言行，最后却在他那些荒诞不经的奇行异事背后，让我们惊异地发现了一个艺术天才善良高尚的灵魂，聆听了一曲美丽动人的爱的赞美诗。主人公形象举止的怪异与心地的纯洁善良构成强烈反差，因此也就发人深思，耐人寻味。

我一生中见过不少怪人，克雷斯佩尔顾问便是其中一位。当初我到H市，打算在那儿待一些日子，正赶上全城的人都在谈论他，因为这时他正异常带劲儿地干着一件荒诞不经的事。原来，克雷斯佩尔作为一位博学而练达的律师，作为一位精明能干的外交家，是颇负盛名的。某个说不上显赫却握有实权的侯爵因此找上门来，求他代拟一篇呈文给宫里，恳求皇上承认该爵爷对一处领地的合法权益，结果事情获得圆满成功。鉴于克雷斯佩尔有一次曾抱怨过从来找不到令他感觉舒适的住宅，侯爵便决定承担全部费用，让人完全按照克雷斯佩尔的喜好为他造一所房子，以作他代拟呈文的酬谢。侯爵甚至愿意出资买下克雷斯佩尔所选中的地皮，不过克雷斯佩尔却没接受这一好意，倒是坚持要把房子建在城外自己的花园里，那儿的环境异常优美。接下来他便采办了一切可能采办到的材料，让人替他运出城去。打这以后，街坊四邻就看见他每天穿着他那件式样古怪的大褂——这也是他按照某些特定的原则自行缝制的——忙着在园子里发石灰，筛沙子，把砖石堆放整齐，等等。他压根儿没和任何建筑师商量过，也没想到去弄一张图纸。一天天气很好，他突然来到H市一位能干的泥瓦匠师傅家中，请他明天天一亮就带着全部伙计、徒弟以及小帮工什么的到他花园里去，为他建房子。泥瓦匠师傅自然问他要施工图，他回答，这玩意儿根本用不着，到时候一切都会好的，叫人家大吃一惊。第二天，师傅带着全班人马来到现场，发现已经挖好一道四四方方的壕沟，克雷斯佩尔随即发话道：

"喏，我的房子的地基就在这里，请你们接着往上砌墙，一直砌到我说'现在够高了'为止。"

"怎么，不要门窗？不要隔墙？"师傅像被克雷斯佩尔的神经错乱吓了一跳，插进来问。

"就照我说的办吧，朋友。"克雷斯佩尔不动声色地回答，"其他一切嘛，都自然会有的。"

仅仅是付给丰厚报酬的许诺，让师傅动了心，承接下了这异想天开的工程。然而,从来没有一项工程能进行得比眼下的这项更愉快。由于吃的喝的都不断得到充足的供应,工人们压根儿不离开工地。这样,在他们不绝于耳的欢笑声中,四堵大墙便以令人难以置信的速度飞快升高,直到有一天克雷斯佩尔发出一声大喝:

"停——!"

于是泥刀和榔头通通不再出声,工人们纷纷从脚手架上爬下来,把克雷斯佩尔团团围住,冲着他的一张张笑脸全都发出一个疑问:

"这下子又怎么办?"

"闪开!"克雷斯佩尔一边吼,一边奔向园子的一端,然后从那儿慢慢踱向他的四方形建筑,到了墙根下却不满意地摇了摇头,随即又奔向园子的另一端,从那儿再慢慢踱向他的四方形,和刚才一样。如此周而复始地折腾了好几遍,直到他终于用尖鼻子冲着墙壁,大声喊道:"过来,过来,你们听好了,给我开一道门,在这儿给我开一道门!"——他按尺寸规定了高度和宽度,门便严格地如他要求的那样开好了。他于是走进屋去,脸上露出满意的微笑。这时师傅发现,大墙砌得足足有三层楼那么高了。克雷斯佩尔若有所思地在里面转悠着,身后跟着一群手拿凿子锤子的泥瓦工,只等他一声令下:"这儿开扇窗户,六尺高,四尺宽!——那儿一扇小窗,高三尺,宽二尺!"工人们便飞快地在墙上打出一个洞来。我到H市那工夫,正赶上进行这档子事。只见好几百人围在他的花园四周,每当在墙壁上谁都意想不到的地方又打出一扇新的窗户，碎砖烂石往外乱飞，大伙儿总会发出一阵欢呼，那光景真叫有意思极了。至于住宅的剩余部分和其他一应的工作，克雷斯佩尔也是如法炮制，即工人们必须根据他随时发出的口头指示，当场完成一切。这整个工程的滑稽可笑，对于事情终将获得意外的圆满结果的信心，特别是克雷斯佩尔慷他人之慨地大把大把花钱，却使大伙儿一直兴致很好。这样，以如此荒诞的方式建房所必然带来的困难都一一得到克服，一幢设施完备的住宅便在短时间内耸立起来了。这幢房子从外边看真叫怪模怪样，原因之一是没有一扇窗户跟另一扇相像，然而内部装修却令人感觉舒适到了极点。每个进去过的人都肯定对此打包票；后来，在我俩结识以后，克雷斯佩尔把我领到他家里，我自己也有同样的体会。也就是说，直到目前为止我还没有和这位怪人说过话；建房使他忙得不可开交，甚至他以往每星期二总是要光临的M教授家的午餐会，现在也无暇参加了。教授特别差人来请他，他让来人转告教授，什么时候不举行新居落成典礼，什么时候他就决不离开家门一步。朋友和熟人们全盼着出席一次盛宴，克雷斯佩尔却除了参加建房的师傅、伙计、学徒、小工以外谁都不请。他拿着美味佳肴招待一班匠人：泥瓦学徒尽情地享用鹧鸪肉包子，年轻的木匠则对烧烤野鸡大显本领，饿鬼似的小工们这次都挑最大的松露丸子往自己嘴里送。当天晚上匠人们的老婆闺女也来了，随即一次盛大的舞会开始。克雷斯佩尔先陪师傅的娘子们跳了几圈华尔兹，然后就坐到市里的乐师们的席上，拿起一把提琴，指挥大伙儿演奏舞曲，玩了个通宵。这次，克雷斯佩尔顾问扮演了民众之友。在新居落成典礼之后的又一个星期二，我终于在M教授的家里碰见了他，真有些喜出望外。你真想不出有什么东西比克雷斯佩尔的举止更令人惊异的了。他动作僵硬迟钝，活像每时每刻都会撞翻什么，打碎什么似的。然而事实并非如此，而且我也立刻放下了心，因为他尽管大步流星地围着摆满了精美杯盘的餐桌转来转去，在落地穿衣镜前摆着各种姿态，甚至抓起一只漂亮的彩瓷花钵，在空中抛上抛下，弄得人眼花缭乱，教授太太的脸上仍然没有丝毫惧色。实际上，在入席之前克雷斯佩尔已把教授房中的一切看得清清楚楚，他还爬到弹簧软椅上，取下墙上的一张照片，随后又挂到了原处。与此同时，他嘴里唠唠叨叨——这在席间尤其显得突出——一会儿东拉西扯，从一个话题迅速转到另一个话题，一会儿又揪住某件事情不放，翻来覆去，没完没了，异想天开，直至他的思路重新让别的什么吸引过去。他时而大声粗气地叫嚷，时而又拖声遥遥，宛如唱歌一般，但无论怎样，声调和内容总是不协调。比如谈到音乐，大伙儿都在夸一位初露头角的作曲家，这时克雷斯佩尔却淡然一笑，扯起他那唱歌般的细嗓门说道：

"我真巴不得生着黑色翅膀的恶魔来抓走他，把这个糟蹋音乐的混蛋打下地狱的万丈深渊！"接下去他可又狂呼乱叫起来，"她真是一位天使啊，声音那么甜美，那么圣洁！——犹如歌坛上的一颗光辉灿烂的明星！"

说着说着，他眼里噙满了泪水。而在座的人必须好好回忆，才能想起在一个钟头以前，曾谈到一位著名的女歌唱家。

眼下大伙儿正吃着红烧兔子。我发现，克雷斯佩尔就着自己的盘子，把兔骨头上的肉剔得干干净净。教授五岁的小女儿笑嘻嘻地给他送来兔子腿，他还详详细细地询问她些什么。还在吃饭的过程中，孩子们已经很亲热地注视着他，如今都离了席，走到他近旁，只不过仍怀着敬畏，和他保持着三步的距离。"这又是在搞什么名堂呢？"我心里暗暗纳闷儿。饭后的甜品端上来了，只见顾问从衣袋里掏出一只小匣子，匣内躺着一台一丁点儿大的钢制车床，他立刻把车床拧紧在餐桌边上，以令人难以置信的灵巧手法，几下子就把兔骨头车制成了各式各样的小罐儿、小筒儿和小圆球，全都那么精致奇巧，孩子们在接过它们时都不由得欢呼雀跃起来。

在众人从餐桌边站起来的时候，教授的侄女不经心地问了一句："亲爱的顾问，咱们的安冬妮究竟在做什么呢？"

克雷斯佩尔满脸尴尬，就像一个人明明咬着了苦橙，却要装出在嚼糖块儿一样。不过转瞬间，这张脸便扭曲了，变成了一个叫人害怕的面具，那么凄凄然地苦笑着，同时又流露出恼恨和嘲讽，是的，在我看来就跟魔鬼的嘴脸差不多。

"咱们的？咱们亲爱的安冬妮吗？"他怪难听地拖长了声调问。

教授赶紧凑过来，狠狠地瞪了自己侄女一眼。我从这眼神中看出，她必定是碰到了一根不该碰的弦，在克雷斯佩尔的内心引起了讨厌的不和谐的共振。

"您那些提琴现在怎么样？"教授拉着他的双手，快快活活地引开了话题。

这一下克雷斯佩尔的脸色立刻开朗起来,他用那粗嗓门答道:

"好极啦,教授,那把出色的阿马蒂①提琴,前不久我讲过我是怎样侥幸地得到它的,直到今天我才把它给割开了。我希望,安冬妮能够仔细地分解余下的部分。"

"安冬妮是个好孩子。"教授说。

"不错,她是的!"克雷斯佩尔大声地应着,飞快扭过身子,一把抓起帽子和手杖,直奔房门而去。我从镜子里看见,他眼里噙着晶莹的泪珠。

克雷斯佩尔顾问一出房门,我便恳求教授,要他马上告诉我那把小提琴是怎么回事,特别是安冬妮是怎么回事。

"嘿,"教授回答说,"就像这位顾问本身是个大怪人一样,他制作小提琴的方式也是奇怪得要命的。"

"他,制作小提琴?"我不胜惊讶地问。

"是的,"教授继续说,"根据行家的判断,克雷斯佩尔做的小提琴在当今这个时代算得上是最最优秀的了。从前,他特别成功地做好一把琴,有时还让别的人试拉一下,可这样的事已好久不再发生了。现在做好一把琴,他只自己拉上一两个小时,虽然拉得极其带劲儿,充满着感人的激情,可是拉完以后他就把它挂到其他的琴旁边,从此不再碰一碰,也不许别人碰。只要哪儿能搞到一把古代大师制造的提琴,顾问就不惜任何代价把它买下

---

① 17世纪意大利著名提琴制造家。——译注(以下未注明者均为译者注)

来，人家要多少钱他给多少钱。也就跟他自制的琴一样，这把琴他仅仅演奏一次，然后便把它拆开，仔细观察琴的内部构造，如果他认为没有发现他正好要找的奥妙之处，他便不耐烦地把碎琴板扔进一口大木箱，箱中已经装满无数被肢解了的旧琴的残骸。"

我急不可待地问："可安冬妮又是怎么回事呢？"

"这个嘛，"教授接着说，"这个嘛是那么回事，倘若我不是坚信一个事实，即顾问那骨子里善良得近乎柔弱的天性中，必然有着什么特别的隐情的话，为安冬妮的事我是会对他这人深恶痛绝的。几年前顾问来到本市，住在S街的一幢阴暗的宅子里，和老管家婆一起过着与世隔绝的生活。他的怪异行径很快招来了街坊四邻的好奇，而当他发现这种情况，马上便设法与人交往。同在我家里一样，各个地方的人们都渐渐习惯了他，以至觉得少不了他了，甚至连孩子们也喜欢他，虽然他的外表看起来那么严厉。不过他们并不给他添麻烦，要知道友好归友好，孩子们对他仍保持着某种敬畏，这就使得没人敢在他面前唐突放肆。至于他如何善于用各式各样的办法取得孩子们的欢心，今天您已经亲眼看见了。我们大伙儿都当他是个老单身汉，对此他也不做否认。他在本城住了相当长时间，突然动身到谁也不知道的什么地方去了，过了好几个月才回来。到家的第二天晚上，克雷斯佩尔家的一扇窗户竟一反常态地灯火明亮。仅此一点已引起了街坊们的注意，何况大伙儿很快还听见在钢琴的伴奏下，从窗内飘出来一个女子美妙动人的歌声。接着，一把小提琴也吟唱起来，感情热烈而奔放，与女子的歌声交织在一起。人们马上听出，那是顾问本人在演奏。

"这样一个奇特的音乐会,把无数的市民吸引到了顾问的住宅前,我当时也混在人群中;而且我必须向您承认,和这个陌生女子的嗓音一比,和她这绝妙的沁人心脾的歌声一比,我所听过的那些最负盛名的女歌星全都黯然无光,失去了魅力。我做梦也想不到谁的声音能这般悠长圆润,这般婉转嘹亮,这般跌宕多姿,强可强到像是管风琴的鸣奏,弱可弱到仅仅剩下一丝轻轻的嘘息,真正叫人荡气回肠。没有谁不为这甜蜜的歌声所陶醉,四周一片寂静。一曲终了,人群中便发出低低的赞叹。当人们听见顾问大声讲起话来时,已经是午夜了。接着又传出另一个男人的声音,从语气判断,似乎是在责备顾问,其间还夹杂着一个女子时断时续的泣诉。只听顾问的嗓门越提越高,越扯越大,直至最后变成了你知道的那种唱歌似的拖长的声音。是姑娘的一声尖叫打断了他,随后则是一派死寂,直到楼梯上突然乒乒乓乓一阵乱响,一个年轻人啜泣着冲出门来跃上一辆停在附近的双轮驿车,飞也似的驶去了。第二天顾问显得春风满面,可是谁也没胆量去问他昨天夜里发生的事。不过女管家却告诉向她打听的人,顾问带回来一个漂亮得跟画中人似的年轻姑娘,他管她叫安冬妮,她唱歌的声音也和模样儿一样美。一同来的还有个年轻男子,他对安冬妮那么温柔体贴,想必是她的未婚夫吧。可是小伙子不得不很快离开,因为克雷斯佩尔顾问坚持这样要求。——至于安冬妮和顾问本人是什么关系,时至今日还是一个谜。不过可以肯定的是,这可怜的姑娘受到了他极其可耻的虐待。他对她严加管束,就像《塞维拉的理发师》①中的那个巴尔托洛博士管束自己的被监护人一样,几乎不允许她到窗口旁边来站一站。总算经过反复请求,他有一次带她出来做客了。他那一双锐利的鹰眼也老跟着她,绝不容忍周围有任何音乐,更甭提让安冬妮唱歌了;就连在自己家里,他同样也不准她再唱。因此,安冬妮那天晚上的歌声让城里的公众引起许多幻想,因而成了一个激动人心的美妙传说。每当有位女歌唱家想来城里显显身手的时候,甚至连那些压根儿没听见过姑娘的歌声的市民也会说:'这么咿咿呀呀,简直不堪入耳!——要讲唱歌就只有安冬妮呢。'"

你们知道,对于这类稀奇古怪的事情我这个人是很入迷的,因此不难想象,我是如何迫不及待地希望见一见安冬妮。在此以前,我经常听见人们谈论安冬妮的歌喉,但是万万没有想到,这位妙人儿就在这里,并且为克雷斯佩尔的魔法所困,受到这个狂暴巫师的虐待。当天夜里,我自然便在梦中听见了安冬妮奇妙的歌声;她唱着优美动人的慢板——可笑的是我竟觉得这首歌仿佛就是我自己谱的曲——恳求我去搭救她;我当即下定决心,要当第二个阿斯托孚,像他深入阿尔齐那魔法城②一样闯进克雷斯佩尔的家,从可耻的羁绊中解救出那位歌坛皇后。

谁料情况却和我想象的完全不一样。要知道我和克雷斯佩尔

---

① 《塞维拉的理发师》系意大利作曲家罗西尼(Rossini,1792—1868)著的两幕歌剧。

② 见意大利诗人阿里约斯托所著英雄史诗《疯狂的罗兰》。中了魔法的罗兰困在阿尔齐那岛上的城堡中,最后为勇士阿斯托孚所救。

刚刚见过两三次面，大发了一通有关提琴的最佳构造的议论，他便邀请我登门访问他。我果真去了，他于是领我参观他收藏的小提琴。在一间斗室里挂着三十多把提琴，其中一把从种种迹象看——比如琴把上雕着雄狮脑袋什么的——都显得古色古香，因此也格外引人注目。只见它挂得比其他所有的琴都高一些，并且套着一顶花冠，俨然是位居于所有同类之上的皇后。

"这把琴嘛，"经我询问，克雷斯佩尔的话匣子便打开了，"这把琴是一位不知名的大师的奇妙杰作，没准儿就产生于塔尔蒂尼①的时代。我确信不疑，在它内部必定有点特殊的地方，只要我把它拆开，就会发现某种我早已在探索的秘密，不过这个只因有了我才获得生命和语言的死木头盒子，它经常——请您千万忍住别笑我——以奇特的方式，自行讲述它的故事。我第一次拉它的时候，就感觉自己仅仅是催眠术士，被催眠的女子一受到它的提示启发，便会自动地道出她的肉眼所观察到的景象——可您千万别以为我有那么愚蠢，以至有一点点当真相信这类装神弄鬼的勾当。然而稀罕的却是，我一直都狠不下心来，把这儿挂着的这只哑木头盒子拆开。没这样做我现在觉得很好，因为自打安冬妮来家以后，我就时不时地用这把琴为她拉点儿什么。——安冬妮喜欢听——非常喜欢听。"

说这几句话时，顾问显而易见地动了感情，这便给了我勇气，请求他道：

---

① 塔尔蒂尼（Tartini，1692—1770）：意大利著名提琴制造家兼作曲家。

"啊，亲爱的顾问先生，您可不可以当着我的面也拉点儿什么呢？"

克雷斯佩尔一脸尴尬，拖着唱歌般的声调回答：

"不行啊，亲爱的大学生先生！"

事情就这么给敷衍过去了。接下来我又不得不和他一起参观他那五花八门的收藏，其中一部分只是些儿童玩意儿而已。临了他抓起一只盒子，从盒子里抽出一张叠得好好的纸塞在我手中，郑重其事地说：

"您是一位艺术爱好者，收下这件礼物作纪念吧，对于您，它必将永远比一切都珍贵。"

一边说，他一边轻轻地推着我的双肩朝门口走，在门口拥抱了我。说实话，我这可是被他用礼貌的方式给撵出门了啊。打开小纸头，我发现一截长约八分之一英寸[1]的E弦，旁边写着：

截施塔米茨[2]生前举行最后一次演奏会所用过的E弦。

一提安冬妮就遭到如此无礼的对待，在我看来似乎已表明我大概永远也别想见到她了，然而事实并非如此。要知道，我第二次去拜访顾问时，发现安冬妮就在他房里，正帮着他拼镶一把小提琴。猛一看，安冬妮的外表并未给我留下强烈印象，可是稍过

---

[1] 1英寸等于2.54厘米。
[2] 施塔米茨（Stamitz, 1719—1761）：德国小提琴作曲家兼演奏家。

一会儿,我就被她那蓝眼睛、樱桃小口以及窈窕可爱的身段给吸引住了。她面色非常苍白,不过每当我们说出什么机智风趣的话时,她便嫣然一笑,脸颊上随之漾起一片绯红,虽然这红很快又暗淡下去,面色重新归于苍白。我和安冬妮无拘无束地聊着,全然不曾发现克雷斯佩尔用什么"锐利的鹰眼"监视我们,如M教授强加给他的那样;相反,他的表现完全正常,是的,看样子甚至还鼓励我和安冬妮聊天。就这样,我便经常去看顾问,相互之间便慢慢习惯了。这在我们三个人的小圈子里形成了一种非常惬意的气氛,使我们心眼儿里都乐滋滋的,连顾问这个人及其种种极端罕见的怪癖也让我觉得非常有趣了。当然,原因多半还在安冬妮,是她以不抗拒的魅力吸引着我,使我忍受了对当时的我来说原本是会避之惟恐不及的某些东西。须知顾问的性格中除去罕见的怪癖之外,时时还掺杂着乏味和无聊;而特别令我反感的是,每当我把话题引向音乐,尤其是引向唱歌,他的脸上便会露出魔鬼似的冷笑,拖腔拖调地开始插话,胡乱扯一些完全不相干的小事,甚至多半是庸俗的事。这时安冬妮的眼神总会变得十分阴郁,我由此得知,顾问之所以这么干,完全是为了使我没法提出让安冬妮唱歌的请求。然而我不肯罢休。顾问给我设置的障碍越多,我克服这些障碍的勇气就越大,我无论如何得听听安冬妮唱歌,免得我为了她的歌声胡思乱想,魂牵梦萦个没完没了。

一天晚上,克雷斯佩尔的情绪特别好,他刚拆完一把克莱莫纳[1]古琴，发现这琴音箱中的调音柱比通常要装得倾斜那么一丝丝。这可是一个重要的有实践意义的发现！

通过谈小提琴的正统演奏风格，我成功地使克雷斯佩尔变得兴高采烈起来。他说古典大师们的演奏都是从真正伟大的歌唱家那儿听来的，由此自然又引出这样的结论，即现今的情况刚好翻了个个儿，音乐家倒模仿起器乐家那些矫揉造作的跳跃和追逐来了。

"瞧这算什么玩意儿，"我嚷嚷着从靠椅里跃起，奔到钢琴跟前，飞快打开琴盖，"这么瞎胡乱唱真太荒唐，压根儿不是音乐，而是把豌豆往地上倒来着！"

我学唱了几段现代拖腔，让尖厉的高音绕来绕去，就像一只被扯得猛烈旋转的响簧一样，同时在琴键上击出一些刺耳的和弦。

克雷斯佩尔笑得不亦乐乎，高声道：

"哈哈！我真觉得是在欣赏咱们那些德国派的意大利歌唱家或者意大利派的德国歌唱家的表演哩，他们唱起卜西塔[2]或者波尔托加洛[3]或者另外哪一位乐队指挥[4]或者甚至一位第一流歌手的御用作曲家[5]的咏叹调来时，就是这副德行！"

---

[1] 意大利北部地区，以产小提琴著称。
[2] 卜西塔（N. Pucitta）：意大利19世纪作曲家。
[3] 波尔托加洛（M. A. Portugal, 1762—1830）：葡萄牙作曲家。
[4] 原文为意大利语。
[5] 原文为意大利语。

好,时机到了,我想。

"可不,"我转过脸去望着安冬妮说,"可不,像这样的唱法安冬妮压根儿就不屑于知道!"我说着弹起老列奥纳多·列奥①的一支优美热情的歌曲来。

这时只见安冬妮两颊发烧,重新有了生气的两眼闪射着圣洁的光,几步跨到钢琴跟前,张开了嘴唇……然而也就在这个节骨眼儿上,克雷斯佩尔上来一把推开了她,抓住我的双肩,声嘶力竭地叫着:

"好小子……好小子……好小子!"克雷斯佩尔很快又压低了嗓门,很客气地俯下身来握住我的手,拖长声调继续说:"的确,我极其尊敬大学生先生,的确,要是我现在呼天喊地,明明白白地请求地狱里的恶魔用火红的利爪来掐断您的脖子,干净利落地把您给打发了的话,这就太违反礼仪,太不近人情了!这且不说,亲爱的,可您必须承认,天已经黑得多了,而且今天路灯不亮。即使您不至于一下子从台阶上滚下去,也会碰伤腿脚的。乖乖回家去吧,并且对您忠实的朋友保持着亲切的回忆,倘若您再也不能和他……您明白吗?……再也不允许上他家去!"说完他拥抱了我,抓紧我的肩转过我的身子,推着我慢慢走出门去,我都没能再看上安冬妮一眼。

你们得承认,处在我的地位可不能把顾问痛打一顿,虽然这本来是很必要的。教授大大地嘲笑了我一通,说我永远别再

---

① 列奥纳多·列奥(Leonardo Leo,1694—1746):意大利作曲家。

指望顾问会对我有个好。至于去姑娘窗下扮个忧伤憔悴的情郎，扮个为了爱情铤而走险的傻瓜，安冬妮她对我来说又太高贵，我是想说，太神圣了。怀着矛盾的心情，我离开了H市。渐渐地，像常有的那样，幻想中的图画便褪了色，就连安冬妮——是的，就连我从来没有听见过的安冬妮的歌声，也似乎化作了一抹温柔的玫瑰色霞光，它只偶尔照进我心灵的深处，给我以些许安慰。

两年过去了，我已在B地当了职员，有一次又旅行到了德国南部。在云蒸霞蔚的夕照中，耸立着H市的一座座钟楼；越驶近城门，我心中就越是涌起一种难以诉说清楚的忐忑不安的感觉。它如同压在我胸口上的一个重负，使我气都透不过来，我只好下了车，在野地里步行。然而我的心胸憋闷得更加难受，几乎变成了肉体的痛楚。也就在此刻，我仿佛听见空中隐隐飘来庄严的赞美诗的合唱——那声音越来越清楚，我已分辨出准确地按照谱子唱圣歌的男声。

"这是干什么？——这是干什么？"我感觉就像有一把烧红的匕首刺进我的胸膛一样，大声问。

"您没瞧见怎的，"坐在我旁边驿车上的车夫回答，"您没瞧见怎的，在那边的公墓里正在为谁下葬呐！"

的确，当时我们正从一座公墓旁边经过，我看见一群身着黑衣的男子围着一个墓坑站着，正在往里边填土。我的眼泪不禁夺眶而出，仿佛人们在那儿埋葬的是生活中的所有乐趣，所有欢乐。往前走便很快下了山冈，我不再能看清墓地的情景，赞美诗的合唱也沉寂下去了。在离城门不远的地方，我碰见了参加葬礼归来的穿黑衣的人们。教授挽着他的侄女，两人都深为哀痛的样子，与我擦肩而过却没有认出我。姑娘用手绢捂着眼抽抽搭搭哭得很厉害。我不可能直接进城去了，便派用人领着车先去我通常下榻的旅馆，自己则朝城外那个我很熟悉的地方走去，以便消去心头的闷气；它也许只是某些生理原因，比如旅途上受的暑热造成的吧。谁料我刚走进那条通往某游览地的林荫大道，眼前却演出了一场再稀罕不过的话剧。克雷斯佩尔顾问被两个吊丧的男子搀扶着，他横蹦竖跳，极力想从他们中间逃走。和往常一样，他仍穿着那件自己裁制的式样古怪的灰大褂，只是从脑袋上那顶戴得歪歪的三角小帽上，垂下来一条长长的黑纱，在风中飘来飘去。另外，在他腰间还系着一条挂剑带，不过挂在上面的不是一把宝剑，而是一支很长的琴弓。我浑身不禁一阵寒战，这人已经疯了，我想，同时慢慢尾随着他。两位吊丧者把顾问一直送到家门口，在门前他狂笑着拥抱了他们。他们丢下他走了，这时他的目光才落在站在旁边的我身上。他痴痴地盯着我好长时间，然后才闷声闷气道了一句：

"您好，大学生先生……您可是也明白哟……"边嚷边抓住我的胳臂，把我拽进他的家……最后上了楼梯，来到那间挂小提琴的房间里。所有的琴上都系着黑纱，那件古代大师的杰作却不知去向，在它的位置上挂着一圈柏枝。我明白发生了什么事——

"安冬妮！唉，安冬妮！"我绝望地哀号起来。

顾问抱着双臂站在我旁边，呆若木鸡。我指了指那柏枝编成的花环。

"她死的时候,"顾问语调沉浊而庄严地说,"她死的时候,共鸣箱里的调音柱便砰的一声断了,共鸣箱底板也裂开许多缝。这把忠心的琴离开她就失去了生命;现在它躺在棺材里与她做伴,随同她一起让人给埋葬啦。"

我深为震惊地跌坐在一把靠椅里;谁想到顾问却嘎着嗓子唱起一首诙谐滑稽的歌来,一边唱一边独脚在房里蹦来蹦去,仍顶在头上的帽子上的黑纱四面乱飞,拂着了挂在房里的一把把小提琴,那模样看上去实在令人心悸。是的,当顾问一个急转身,黑纱倏然飘向我头顶的一刹那,我怎么也忍不住竟尖叫起来,我觉得,这黑纱仿佛要缠住我,把我也一块儿拖进那可怕的黑色癫狂深渊里去似的。我一叫,顾问便蓦地站住了,又恢复他那拖长的唱歌般的语调说:

"小伙子!小伙子!您这是怎么啦?……干吗这么高声大叫?是看见了死神不成?……死神可通常只在葬礼举行之前出现喔!"

这时他又跳到屋子中间,从剑套中拔出琴弓,用双手把它举到头顶上,一使劲儿折成了几段。克雷斯佩尔纵声笑道:

"哈哈,这下我的命运算是完啦,你说对吗,小伙子?不是吗?无牵无挂,无牵无挂,现在我自由啦……自由啦……自由啦,嘿嘿,自由啦!——从此我不再造琴……不再造琴……嘿嘿,不再造琴啦!"顾问用一种既滑稽可笑又令人毛骨悚然的曲调,唱出他的这些话,同时再次开始用一只脚在房间里乱蹦乱跳。我害怕极了,企图夺门逃走,可是顾问却紧紧抓住我,慢条斯理地说道:"您就待在这儿吧,大学生先生,我心乱如麻,痛不欲生,可尽管这样,您也别以为我现在疯了。之所以发生这一切,完全是因为前不久我缝了一件睡衣,穿上这件睡衣,我希望看上去就像命运之神或者上帝!"

克雷斯佩尔顾问喋喋不休,东拉西扯,说着可怕的疯话,直至精疲力竭,瘫倒在地。我唤来了女管家,当我终于又到了外边,心里真叫高兴。

我一刻也不曾怀疑克雷斯佩尔是疯了,教授却持完全相反的意见。他说:

"我们其他人同样在发疯发狂,只不过被某种外衣掩蔽着不为人察觉罢了;有一些人却被造化或者特殊的遭遇揭去了这种掩蔽,他们就像那类皮薄而透明的昆虫,体内肌肉的剧烈活动一目了然,令人觉得畸形难看,尽管很快又会恢复常态。恰似一切在我们这儿还是藏在脑子里的思想,在克雷斯佩尔那里就会变成赤裸裸的行动。——融通于尘世的劳碌纷扰中的神意无时无刻不准备对人们进行刻毒的嘲弄,克雷斯佩尔的狂悖行为和乱蹦乱跳,就是这种嘲弄的象征。不过这倒像避雷针一样,使他出不了大毛病,从地里产生的东西,他将重新归还地下,然而他却知道如何保持神性。因此,我相信他的内在意识毫无问题,尽管外表看上去疯疯癫癫的。安冬妮的死自然使他心情十分沉重,但我敢打赌,明天顾问就会依然故我,像头走惯了老路的驴。"

事情几乎就如教授预言的那样。顾问第二天完全恢复了本来面目,只是宣布从今以后不再造琴,也不再拿起任何一把琴来拉一拉。据我事后了解，他真的说到做到了。

教授的暗示增强了我内心的信念，我确信安冬妮与顾问之间有着讳莫如深的密切关系，是的，特别是她的死，都可能意味着一桩沉重地压在他身上的无法救赎的罪行。在向他指出这桩我隐隐感觉到的罪行以前，我绝不想离开 H 市。我准备深深地刺激他的内心，强迫他明明白白地承认自己的卑劣行径。我越想心里越明白：克雷斯佩尔必定是个恶棍。同时打算向他讲的话也越来越激烈，越来越尖锐，自然而然地就变成了一篇真正的控诉词。可是当我义愤填膺、剑拔弩张地冲到顾问家里时，却发现他正安安心心地、面带微笑地在车这样那样的玩具。

"好哇，好哇，"我冲他嚷起来，"一想起那件丑事，你的心就应像被蛇咬一般难受才是，怎么竟能如此——哪怕只是一会儿吧——如此心安理得？"

顾问惊讶地望着我，放下了手中的凿刀。

"怎么回事，亲爱的？"他问，"可您还是先请坐下来再说吧！"

我呢，却急不可待地继续往下讲，越讲越激动，最后简直就在指控他杀害了安冬妮，并且威胁说，老天会让他遭到报应的。是啊，作为一个初入司法界的青年，三句话不离本行，我甚至就叫他相信，我会动用一切手段，把事情查个水落石出，让他还活着就受到尘世的法官的惩罚。

我激烈而夸张的演说结束了，谁知顾问竟一言不答，只是安安静静地望着我，仿佛期待我继续讲下去似的，这倒真叫我有些难堪了。我呢，确实也试图往下讲，可现在讲出来的话句句都那么别扭,是的,那么笨拙,以至我马上便住了嘴。克雷斯佩尔欣赏着我的尴尬劲儿,一丝刻薄、嘲讽的微笑掠过他的面孔。随后,他却变得异常严肃起来,以一种庄严的口吻说道:

"年轻人啊!你可以当我是傻瓜,当我是疯子,这个我都不怪你;须知咱俩都被关在同一座疯人院里,你之所以责骂我不该狂妄地以圣父自居,仅仅是因为你也以圣子自居罢了。可是,你怎么竟敢放肆地来干预他人的生活,探寻这与你毫不相干的生活的隐私呢?——如今她已去了,也无须再保守秘密!"克雷斯佩尔打住话头,站起身,在房中来回疾走。我鼓足勇气请他讲下去。他目光痴呆地瞪着我,抓住我的手,把我领到窗口,推开了两边的窗扉。他把胳膊肘支在窗台上,身子探出窗外,眼睛凝视着下面的花园,开始给我讲他一生的故事。——他讲完了,我离开他的时候,心情既感动,又惭愧。

安冬妮的情况简单讲是这样的:

20年前,寻访和收购古代大师所制造的精美小提琴的狂癖驱使着顾问,使他到了意大利。当时他自己还不造琴,因此也就不把那些古老的提琴拆开。在威尼斯,他迷上了当时在圣白涅迪托大剧院十分走红的著名女歌星安吉娜。令他倾倒的,不只是她那已经出类拔萃的歌唱艺术,还有她的天使般美丽的容貌。克雷斯佩尔设法结识了她。他尽管土里土气,却完全赢得了美人的心,而这,首先得归功于他那大胆的、极富表现力的小提琴演奏。——相好以后没几个星期,他俩秘密结了婚;之所以如此,一则因为安吉娜不愿离开剧院,再则她也不肯抛弃自己那众所周知的女歌星的芳名，或者仅仅在它之前再加上"克雷斯佩尔"这个难听的名字。

顾问用无情自嘲的口吻，向我描述安吉娜在成为他妻子以后，如何以最最独特的方式折磨他，使他痛苦。那种头牌歌星的全部任性，全部乖僻，按照克雷斯佩尔自己的说法，似乎全集中到了安吉娜一个人的身躯里。在一次激烈的争吵以后，顾问逃到了安吉娜在乡间的别墅里。他即兴地拉起他那把克莱莫纳古琴来，以便把白天的烦恼忘记。可是没过一会儿，安吉娜已跟踪赶来，走进了房里。这时候，她的性子又好了，想要做个温柔的妻子。然而顾问正沉醉在自己的音乐中，继续拉呀拉呀，拉得四壁都发出了共鸣，以致用胳膊和琴弓把妻子碰得稍稍重了一点儿。这一下她勃然大怒，朝顾问冲过去，嘴里大骂"德国畜生"，伸手夺下顾问正拉着的提琴，往大理石桌子上一砸，把琴砸了个粉碎。顾问起初像根柱子似的呆立在她面前，后来却突然像大梦初醒似的，使出蛮力一把抓住她，把她从窗口扔了出去，自己则头也不回地跑了，先跑到威尼斯，然后一口气跑回了德国。直到好久以后，他才真正明白自己干了什么事。尽管他知道那扇窗户离地不足五尺，在当时的情况下他把她扔出去完全是不得已的，可是事到如今他仍然深感不安和痛苦。他简直不敢去打听情况，因此在大约八个月以后，他突然收到爱妻寄来一封措辞十分温柔的信，信中对别墅里那件事只字未提，只是通知他说她已生了一个非常非常可爱的小女儿，并在末尾附了一个极其诚恳的请求，希望他这位亲爱的丈夫和幸福的父亲①火速动身上威尼斯去,这时候克雷斯佩尔顾问真正是惊诧莫名了。不过他并未立即动身,而是找一位知己打听详细情况,得知妻子当时只是像只鸟儿似的轻轻落在了柔软的草坪上,那一跌或者那一摔除了心理上的影响外,并未造成其他任何后果。也就是说,在克雷斯佩尔的英雄行动之后,女歌星似乎变成了另一个人,她再也不使小性子,再也不异想天开、胡思乱想、让别人受罪。还有那位替下一届狂欢节作曲的大师,他眼下该是世界上最最幸福的人了,因为安吉娜高高兴兴地愿意唱他的咏叹调,而不像以往那样,好歹都得叫他修改上百次。至于安吉娜的怪癖怎么一下子就给治好了,克雷斯佩尔的朋友认为有一切理由好好保密,否则,说不定每天都会有女歌星被情人扔出窗外去的。克雷斯佩尔顾问大为激动,他立即定了马匹,钻进车厢,可临了却突然大喝一声:"停下!"

"我说,"他随后自顾自地嘀咕着,"难道事情不会是这样的吗,一旦见到了我,恶魔又会重新控制住安吉娜?——再说我已经把她扔出窗外一次了,再出现类似情况又该怎么办呢?"

克雷斯佩尔下了车,给正在康复的妻子写了一封亲热的信。在信中他婉转地表示,他非常感谢妻子的盛情美意,因为她来信中特别夸耀说,小女儿也像他,在耳朵背后有一颗小小的痣,可是顾问却留在了德国。通信频繁地继续进行着,在威尼斯与H市之间,穿梭往来地传送着爱情的保证、相思的怨诉、热诚的邀

---

① 原文为意大利语。

请、失望与希望……

终于,安吉娜来到了德国,如我们所知道的,在F市的大剧院里她曾成为大出风头的第一号歌星。尽管她年纪已经不轻了,却以自己那美妙歌喉的不可抗拒的魅力让所有人倾倒。当时她的嗓子真是一点儿没有倒。安冬妮这期间已经长大起来,她母亲不厌其烦地写信给她父亲,说她将来必定会成为一个一流的歌唱家。克雷斯佩尔在F市的朋友们也向他证实了这一点,他们要求他千万去一趟F市,听一听这两位十分杰出的女歌手罕有的演唱。朋友们做梦也想不到,顾问和这一对母女之间存在着何等亲密的关系。克雷斯佩尔呢,也太渴望亲眼见一见自己日夜思念,甚至常常是魂牵梦萦的女儿。然而,一想到自己的妻子,他心中又充满了不安,结果终于留在家里,坐在一大堆拆得七零八落的小提琴中间。

您大概听说过F市那位前程远大、可是突然销声匿迹了的作曲家B吧,或许您还认识他本人,是不是?这个年轻人狂热地爱上了安冬妮;她呢,对他也很热情。于是,他便去恳求安冬妮的母亲,希望她能立刻同意这一对艺术家的神圣结合。安吉娜没有什么好反对的,克雷斯佩尔像一位严厉的法官一般审查了年轻人所作的曲子,相当喜欢,更加赞成这桩婚事。他一心期待着举行婚礼的喜讯,谁知却收到了一封笔迹陌生的信,信上的封印还是黑色的。R大夫向顾问报告,安吉娜由于在剧院感冒了,结果患了一场大病,就在准备为安冬妮举行婚礼的头一天夜里,她去世了。临终前,安吉娜告诉大夫,她是克雷斯佩尔的妻子,安冬妮是克雷斯佩尔的女儿,因此希望克雷斯佩尔赶快去照顾那个无依无靠的女孩子。安吉娜的猝然离世,让顾问受到很大震动,可尽管这样,他心中却很快觉得,仿佛有一种讨厌而可怕的禁忌突然从他的生命中解除了,现在他终于可以自由地呼吸。就在当天,克雷斯佩尔动身前往F市。

诸位无法想象,克雷斯佩尔当时是如何心碎地向我讲他见到安冬妮时的情景的。就连他那奇异怪诞的表达方式,也富有某种魔力,哪怕让我大致描述一下都不可能啊。

安冬妮继承了安吉娜身上一切妩媚动人和温柔可爱之处,却完全缺少那令人讨厌的一面。母亲性情中时时显露出来的那些小小的怪癖,在女儿是全然不存在的。年轻的未婚夫来了;安冬妮凭着她温柔敏感的天性,深刻而正确地理解了自己这位奇怪的父亲,便唱起玛尔蒂尼[①]老爹所写的那些圣歌来。她知道,在安吉娜与顾问热恋期间,母亲准是经常给他唱这些歌的。克雷斯佩尔热泪纵横,连安吉娜都从来没唱得这么动人啊!安冬妮的嗓音是如此奇妙和特别,时而温柔如轻风拨响琴弦,时而悠扬如夜莺在花丛鸣啭,简直不像是人的胸腔能够发出的。喜悦和爱情激励着姑娘,她一个劲儿唱啊,唱啊,唱出了她所有最美好的歌。这期间未婚夫B已弹起琴来,弹得如醉如痴。克雷斯佩尔一开始也很兴奋,过后却慢慢冷静下来,陷入了深深的沉思。终于他一跃而起,把安冬妮搂在自己怀中,声音异常

[①] 玛尔蒂尼(G. Martini, 1706—1784):意大利著名音乐史家兼作曲家。

低沉地请求道：

"别再唱啦，你要是爱我的话……我的心里……我的心里害怕得要命……害怕得要命。别再唱啦……"

第二天，顾问对 R 大夫说：

"不，我担心的并不是母女俩竟如此相像，我担心的是，她在唱歌时脸色变得那么苍白，脸上的红润竟收缩成了两块紫色的斑晕。"

谈话一开始表情就流露着忧虑的大夫回答道：

"这可能是过早练声的结果，要不就是先天带来的毛病。总之，安冬妮的胸腔里有某种生理缺陷，正是这点赋予了她的嗓音一种特殊的魅力，使其能够发出那么罕有的，我想说是超越于人的歌声之外的声音。可这也将造成她的夭折，如果她继续唱歌的话，我顶多只能保证她再活六个月。"

顾问的心简直像被千万把刀子给剁碎了。对于他来说，仿佛生命中第一次长出一棵开满鲜花的希望之树，现在这棵树却突然要被人齐根砍掉，使它再也发不出叶，开不出花。他下定了决心，把情况全部告诉安冬妮，叫她二选一：要么跟着自己的未婚夫，屈从于他和世界的诱惑，但要早早地死去；要么在父亲的晚年给他从未感受过的宁静与欢乐，同时再活一些年。安冬妮哽咽着投进父亲的怀抱；他呢，清楚地感到未来的时刻将多么令人难受，女儿的泣诉他一句也没听进去。他找来未婚夫谈，尽管年轻人保证永远不让安冬妮哪怕只唱一句，顾问心里却明白，就连 B 也休想能抵抗住渴望听她唱歌的诱惑，至少也想听她唱唱他自己写的咏叹调吧。还有世人们，那些爱好音乐的听众，即便让他们了解安冬妮的病情，他们也决不会放弃自己的要求；须知在寻欢作乐这类事情上，这班人可是自私而又残忍的。

顾问领着女儿，悄悄离开F市，回到H市去。未婚夫闻讯悲痛欲绝，跟踪追来，终于赶上顾问，和父女俩同时到了H市。

"只求见他一面，然后死也甘心。"安冬妮哀求说。

"死？——死？"顾问气得高声大叫，心里一凉，浑身打了个冷战。

他的女儿，这广大的世界上惟一在他内心燃起了从未知晓的欢乐之火的人，这惟一使他与生活取得了和解的人，她硬是拼命要脱离他的怀抱；他呢，也就只好听任可怕的事情发生了。

作曲家B奉命坐到钢琴前，安冬妮纵情高歌，克雷斯佩尔也用提琴拉着欢快的曲调，直至安冬妮脸颊上又出现了那样的紫斑。这时克雷斯佩尔便命令停下，然而，在未婚夫向安冬妮告别的一刹那，她突然尖叫一声，昏倒在地上。

"我以为，"克雷斯佩尔这样对我说，"我以为安冬妮像我预料的那样眼下真的死了，但由于已作过最坏的思想准备，我内心倒显得非常镇定、平静。我一把抓住变得傻头傻脑的B的肩膀，说（这时顾问的声调又拖长得跟唱歌一般）：'您好啊，最最可敬的钢琴大师先生，这下遂了您的心愿，您心爱的未婚妻真的让您给杀死啦，您眼下也可以心安理得地走了。您还是快快地滚吧，要不然，我会拿起亮晃晃的猎刀来刺穿您的心，用您宝贵的鲜血来使我女儿脸上增加一点儿红润，您瞧她多苍白啊。——您尽管快些跑吧，当心我会冲您脊背扔一把飞快的小刀！'——我讲这几句话时样子想必挺可怕，只听小伙子惊叫一声，跳将起来，挣脱我的手，冲出房门，奔下楼去了。"

作曲家B逃走以后，顾问便动手去扶一动不动地躺在地上的女儿。这时候安冬妮慢慢睁开眼睛，发出一声长叹，随即又像死去了似的再次合上双眼。克雷斯佩尔禁不住绝望地大声号啕起来。女管家请来的大夫解释说，安冬妮的病尽管来势凶猛，却是毫无生命危险的偶然现象。果不其然，她恢复之快超出了顾问的期望。自此，姑娘就像个孩子似的眷恋着克雷斯佩尔，接受着他的宠爱，以及他的那些个古怪脾气和奇思异想。她帮助父亲拆卸旧提琴，装配新提琴。每当有谁要求她唱歌，她都断然拒绝，并且微笑着对父亲说："我不愿再唱歌，但要为你而活着。"自然，顾问是尽可能避免她碰上这种情况，因此也就不乐意带她出门见人，并小心地躲开所有音乐。他知道得很清楚啊，要安冬妮完全摒弃已经练到炉火纯青地步的声乐艺术，她内心会有多少痛苦。后来，当顾问买到那把为安冬妮陪葬的小提琴，准备也拆开来的时候，姑娘却神情哀伤地望着他，轻声地说：

"这把也拆吗？"

顾问自己都不知是受什么神秘力量的驱使，他不但没有拆这把琴，反而用它拉起来了。他刚刚拉出头几个音符，安冬妮立刻高兴得大声嚷嚷起来：

"啊，这就是我的声音……我又能唱歌啦。"

可不是嘛,这琴银铃般明亮的声音,真是奇妙极了,就像从人的胸腔中发出来似的。克雷斯佩尔深为感动,演奏比任何时候都更加精彩,当他使出全部心力,充满深情地奏出大胆的起伏悠扬的旋律来时,安冬妮猛地一击掌,兴高采烈地欢呼道:

"啊,我唱得真好!我唱得真好!"

从这时起,她的生活便充满了宁静,充满了欢乐。她经常对顾问说:"我又想唱歌了,爸爸!"顾问于是立即从墙上取下琴,拉出安冬妮会唱的那些最美妙动人的歌;她呢,便打心眼儿里感到幸福。

在我第二次到达H市的前一天夜里,顾问仿佛觉得隔壁有谁在弹钢琴,仔细一听,立刻就听出是B在像往常一样弹着前奏。他想起床,然而身上却像压着什么沉重的东西,并且还被铁链子拴着,一点儿都动弹不得。这时,安冬妮柔婉的歌声也加进来了,慢慢升高,慢慢升高,直到变成嘹亮尖厉的Fortissimo[①];随后,这奇妙的声音又化成那支深深地激动人心的歌,那支B遵循古代大师的虔诚风格而特意为安冬妮写的歌。克雷斯佩尔说,他当时所处的景况真是不可思议,心中既充满从未感受过的欣喜,同时又夹杂着可怕的忧虑。蓦然间,他周围变得一片雪亮,在亮光中,他看见年轻的B和安冬妮,两人正无限幸福地你望着我,我望着你。美妙的歌声和伴奏的琴音仍袅袅不断,虽然已看不见安冬妮还在唱歌,或者B还在弹琴。这时候克雷斯佩尔坠入

---

① 音乐术语:最强音。

了一种混沌昏迷状态,眼前的幻象和歌声随之消失。等他再次醒过来,心中剩下的惟有梦里那可怕的忧惧。他三步两步奔进安冬妮的房间,发现她合眼躺在沙发上,脸上带着甜蜜的微笑,两手虔诚地叠在胸前,好像睡着了,在睡梦中正享受天国的幸福和欢愉。然而,她已经死了。

外乡孩子

译者引言

这是霍夫曼的另一篇童话小说。霍夫曼以幽默夸张的笔法,赞扬乡下孩子的纯朴、自然,讽刺来自"文明社会"的少爷小姐的矫揉造作,对今天的我们来说也有意义,值得一读。

布拉克海姆村的布拉克老爷

从前有个贵族,人称塔朵斯·封·布拉克老爷。他住在一座名叫布拉克海姆的小村子里,这村子是他从自己已去世的父亲老布拉克老爷那儿继承的遗产,眼下嘛也就成了他本人的产业了。除去他一家,村子里还住着四户别的农民,他们全管他叫布拉克老爷,尽管他跟他们一样,平时总穿着件粗呢短外套,头发梳得也不讲究,只有在礼拜天领着老婆和一双儿女——儿子叫费里克斯,女儿叫克莉斯丽——驾车去邻村的教堂赶弥撒,他才换上绿色的细呢上装,外加一件镶着金色饰带的红马甲,看上去倒也人模人样。正是这些农民,每当有人向他们打听:"去封·布拉克老爷家怎么走?"——他们总是回答:"穿过村子只管往前走,爬上那座长着白桦树的小岗子,就瞅见咱老爷的宫殿啦!"

说起宫殿,咱们谁不知道那必定是座又高又大的建筑,有许许多多的门和窗户,是的,甚至还有些塔楼和亮闪闪的风信旗;可这一切,在那座小岗子上连影儿都见不着,立在那儿的只是一幢窗户又小又少的低矮小屋,不走到跟前根本瞅不见。然而实话实说,要是我们突然伫立在一座宫殿高高的大门前,迎面感受着从门内涌溢出来的冰冷气流,还让那些跟可怕的门卫似的立在墙根儿的怪异石像死死瞪着,那我们准会失去往里走的全部兴趣,巴不得一转身就溜。相反,在塔朵斯·封·布拉克老爷的小屋前,压根儿就不会出现这样的情形。还在小树林里,就看见一棵棵白桦树亭亭玉立,枝叶茂密,都像是伸出手臂在亲热地招呼我们,特别是微风吹来,枝叶更嘎嘎嘎、嗖嗖嗖响,像是在冲着我们喊:"欢迎,欢迎!——欢迎,欢迎!"

来到小屋跟前,情况跟树林里完全一样:从一扇扇镜子般明亮的玻璃窗里,是的,从厚厚的、爬满了墙壁再蹿上屋顶的深绿色葡萄藤蔓里,处处都像传出来温柔、亲切的呼唤:"请进啊请进,亲爱的旅行者,你一定走累了,这地方可舒适又好客喽!"

还有巢里的燕子飞进飞出,细语呢喃,似乎也证实葡萄藤所言不虚;还有那只从屋顶的烟囱上机智而严肃地往下瞅的老鹳鸶,它好像也在说:"我住在这里过夏天已经有好些个年头了,世界上再找不到更好的住处啦,要是我能克服与生俱来的旅游癖好，要是这里冬天不是太冷，柴火不是太贵，我才绝不会离开这个地方哩。"

布拉克老爷的小屋就这么令人感觉愉快、舒适，尽管它根本不是什么宫殿。

贵客临门

一天早上，布拉克太太早早地起了床，烤了一个蛋糕。这个蛋糕，她用的杏仁和葡萄干甚至比烤复活节蛋糕都多得多，所以也就比复活节蛋糕要漂亮很多很多。这时候，布拉克老爷也已经敲打过他的绿上装和红马甲，刷干净了上面的灰尘，儿子费里克斯和女儿克莉斯丽也穿上了他俩最好的衣服。

"你俩今天，"随后布拉克老爷对孩子们说，"你俩今天不许像平时一样往外跑，不许去林子里，而要乖乖儿地在家里待着，这样等伯父老爷来家时才会像模像样，才会干干净净！"

太阳从晨雾里探出明亮而和蔼的脸孔，往窗户里投射进来道道金光；小树林中晨风吹拂，黄雀、金翅鸟、夜莺竞相鸣啭，唱着最欢快、最悦耳的歌曲。克莉斯丽静悄悄地坐在桌旁，陷入了沉思：她一会儿整理自己小裙子上的红色蝴蝶结，一会儿努力继续做编织活儿；今天早上，她做起这活儿来老不顺利。爸爸把一本好看的图画书塞到儿子的手里，可费里克斯的眼睛却越过图画，望进了可爱的小白桦林；平时，他每天上午都要在林子里跑跑跳跳，尽兴地玩上好几个小时。"唉，外面树林里有多美啊！"

他自顾自地叹息道。然而，当那只叫做苏尔坦的大看家狗吠叫着，咕噜着，在窗前跳来蹿去，跑到了树林里再折返回来，重新在那儿又是吠又是叫，活像冲着小费里克斯在喊："你真的不去树林了吗？待在憋闷的屋子里干什么？"这一来费里克斯再也忍不住了，便大声喊出来：

"唉，连亲爱的妈妈也只准我出门走几步啊！"

"不，不，"谁知布拉克夫人马上回应他，"你还是乖乖儿待在屋子里吧。我知道放你出去有什么下场，知道克莉斯丽立马会跟着追出去，然后你俩肯定会呼哧呼哧地在树林和刺丛中疯跑，接着再爬到大树上！结果回来时满头大汗，满身污垢，伯伯便会说：'哪儿来这么丑陋的农家孩子！布拉克家的人不管是大是小，都不允许这副德行。'"

费里克斯很不耐烦地合上图画书，泪眼汪汪地低声说：

"伯父老爷说什么丑陋的农家孩子，那他多半没见过咱村的彼得和安丽或者其他孩子；我可是不知道，怎么还可能有比他们更漂亮的孩子。"

"可不是嘛，"克莉斯丽突然大梦初醒似的叫起来，"还有舒尔茨家的格蕾特，不也是个挺好看的小姑娘吗，虽说她很久都没有我这么漂亮的红蝴蝶结。"

"别说傻话啦！"母亲已经有些生气了，喝道："你们不明白伯父是怎么想的。"

毫无用处啊，不管他俩把今天树林里的景象想象得有多么美，费里克斯和克莉斯丽还是不得不待在屋子里。还不止此啊，更令他俩受不了的是,桌子上待客用的蛋糕散发出阵阵甜香味儿,可在伯父老爷到来之前却是不允许切开的。

"唉,他要是已经来了有多好,他该来了啊!"兄妹俩不耐烦得差点儿哭起来,哀叫道。

终于听见清脆响亮的马蹄声,一辆马车驶到了小屋前。马车上镶嵌着无数金色装饰物,看上去亮闪闪的,两个孩子见所未见,因此惊讶无比。一名猎人拉开车门,一位瘦高男子扶着他的臂膀溜下车来,投入布拉克老爷的怀抱,将自己的脸颊在主人的脸颊上贴了两下,嘀咕说:

"甭茹(Bonjur,法语:你好),我亲爱的弟弟,你太客气了,我说。"

这期间,猎人从车里又搀扶下来一位脸庞红彤彤的矮胖太太,还有一男一女两个孩子。看样子猎人干这事非常熟练,让乘客一个个都稳稳当当地站在了地上。等他们全都站定了,费里克斯和克莉斯丽才遵照父母的一再嘱咐凑上前来,一人抓住瘦高男人的一只手,一边亲吻它一边说:

"热烈欢迎您,亲爱的伯父老爷!"接着又照样抓起矮胖女人的手来吻了一次,说:"热烈欢迎您,亲爱的伯母夫人!"最后再走到那两个孩子跟前,但却一下子完全傻了眼,兄妹俩还从来没见过他们这样的小孩呢。男孩穿着长长的灯笼裤,猩红色小夹克,夹克上吊满各式各样的金流苏和金饰带,腰间还挂着一把亮闪闪的小弯刀,头上却戴顶样式古怪、插着白羽毛的红色软帽,让他藏在帽子下的小脸看上去苍白泛黄,困倦失神的小眼睛目光呆滞、畏怯。女孩尽管跟克莉斯丽一样穿着条白色小裙子，却可怕地缀满了饰带和花边，头发也怪怪地编成一条条小辫，归拢起来在脑顶上盘成一个尖尖的发髻，发髻尖儿上却扣着个闪光的蓝色小王冠。克莉斯丽鼓了鼓勇气，想去拉小姑娘的手，小姑娘却一下子把手缩了回去，摆出一张不耐烦的哭丧脸，把克莉斯丽吓一大跳，只好走开了。费里克斯也只想凑过去看看男孩漂亮的小佩刀，摸一摸它，不想男孩竟大叫大嚷起来："我的佩刀，我的指挥刀，他想抢我的刀！"边叫边跑到瘦高男人的背后躲起来。费里克斯被搞得面红耳赤，非常气愤地说道：

"我才不想要你的刀呢——傻小子！"最后这三个字，他只是从牙齿缝中间挤出来的，可是布拉克老爷却全听见了，看样子很是尴尬，因为他一个劲儿地扯马甲的纽扣，并且大喝一声：

"嚇，费里克斯！"

这时那矮胖女人开了口："阿黛贡琴，赫尔曼，孩子们不会对你俩怎么样，别犯傻。"

瘦高男人却低声说："他们会很快认识的。"说着牵起封·布拉克太太的手，朝房里走去；封·布拉克老爷领着矮胖女人跟在他们身后，阿黛贡琴和赫尔曼拽着矮胖女人的裙裾。克莉斯丽和费里克斯走在最后面。费里克斯咬着妹妹的耳朵说：

"这下该切蛋糕啦。"

"是的，是的。"妹妹满心欢喜地回答。

"然后咱俩就跳起来，一溜烟跑进林子里。"费里克斯接着说。

"咱们不理睬那两个外来的傻东西。"克莉斯丽补充道。

费里克斯一跳跳到了房间里。阿黛贡琴和赫尔曼不允许吃蛋糕，因为他们的父母说吃了不消化；他俩得到的补偿是一人一小块面包干，这面包干得由猎人从一只自带的盒子中取出来。好心的妈妈给费里克斯和克莉斯丽一人切了一大块蛋糕，他俩无所顾忌地啃咬起来，心情非常非常好。

访问继续进行

瘦高男人名叫茨利阿努·封·布拉克，是塔朵斯·封·布拉克老爷的堂兄，尽管跟他同根同源，身份却要显赫得多。要知道他除去拥有伯爵头衔，还在胸前戴着个大大的银星，穿什么衣服都如此，是的，甚至在给假发扑粉时穿罩衫也不例外。因此一年多前，他没带老婆孩子，独自一人来跟他的堂弟布拉克老爷小聚，费里克斯便问过他：

"我说，尊敬的伯父老爷，你该是当国王了吧？"

原来费里克斯在自己的图画书里见过一位国王，胸前就戴着个同样的星星，所以便相信伯父必定也当了国王，因为他也戴着同样的徽记嘛。一听费里克斯提的问题，伯父当即哈哈大笑，回答说：

"不，孩子，我不是国王，却是国王最忠诚的仆人，是替他管着许许多多人的大臣。你自己出身于布拉克伯爵世家，没准儿将来也会像我这样戴上一枚星星似的勋章，只不过眼下你还只是在姓氏前单单带着个'封'字，没有多少权势喽。"

伯父的话叫费里克斯完全摸不着头脑,他父亲塔朵斯·封·布拉克认为也完全没必要摸着头脑。——这会儿伯父告诉自己的胖太太费里克斯怎么把他当成了国王,他太太一听大呼:"好天真好可爱的小乖乖哟!"这一来,费里克斯和克莉斯丽只好离开刚才在那里嘻嘻哈哈啃蛋糕的墙角落,来到桌子跟前。母亲立刻替俩孩子揩干净残留在嘴巴上的蛋糕和果干屑,把他们移交给那位高贵显赫的伯父老爷和伯母夫人,夫妇二人便一边亲吻兄妹俩,一边高呼:"好天真无邪啊,好逗人喜欢啊,农村的孩子就是朴实可爱!"同时塞了一个大大的纸袋到他们手里。两位高贵亲戚的善心,感动得塔朵斯·封·布拉克老爷和太太热泪盈眶。费里克斯这时已经撕开纸袋,发现了袋里的糖果,便大胆咀嚼起来;克莉斯丽立刻如法炮制。

"乖乖,我的乖乖,"伯父老爷惊叫道,"这可不行,这可不行,这样吃糖会弄坏你的牙齿,你必须慢慢儿慢慢儿地吮,慢慢儿慢慢儿地抿,直到糖果溶化在你嘴里。"

可费里克斯听了差点儿笑出声来,回答说:"哎,亲爱的伯父老爷,你未必以为我还是个襁褓中的奶娃儿,还没有长好牙齿,不能咬,只能吮,是不是?"说着又塞了一块糖在嘴里,使劲儿咀嚼得发出来咔嗒咔嗒的响声。

"哦,我的乖乖,我的乖乖!"矮胖女人叫起来,伯父立刻响应。

然而塔朵斯·封·布拉克老爷已经满脑门儿汗珠,费里克斯缺少教养的表现让他觉得太丢人现眼。他太太却凑近儿子的耳朵轻声说：

"别用牙咬得咔咔响，讨厌鬼！"

可怜的费里克斯自信没有做错什么，听母亲这么一说完全晕头转向，于是把还没咀嚼完的糖果从嘴里慢慢掏出来放回纸袋里，一边把纸袋递给伯父，一边说：

"既然不准我吃，那你就把你的糖果拿回去吧！"

克莉斯丽习惯了什么都学哥哥，也把装糖果的纸袋还给了伯父。这下布拉克老爷真受不了啦，因此脱口而出：

"唉，我最最尊敬的堂兄老爷，请原谅这傻小子的愚蠢举动，不过在乡下咱们这样的愚昧环境里——唉，有谁能像您似的教养出如此文雅懂事的孩子哦！"

茨利阿努·封·布拉克伯爵眼睛瞟着自己的儿子和女儿，自鸣得意地笑了笑。这两个早已吃完他们的面包干，眼下只是静悄悄地坐在椅子上，既无丝毫表情，也没有任何举动。矮胖女人同样得意地微笑着低声说：

"是啊，亲爱的堂弟，我们最操心的就是咱这两个可爱的孩子的教育喽。"说着，她朝丈夫使了个眼色，丈夫便马上把头转向赫尔曼和阿黛贡琴，向他俩提出各式各样的问题；他们呢，飞快地给出了回答。问答内容关系着许多的城市、河流和山岳，它们不仅远在千里之外，而且名字全都怪怪的。同样，一些个生长在遥远异域蛮荒地带的动物，俩小孩也能清清楚楚地描绘出它们的模样。随后谈到一些异国的树木和花果，谈得真叫活灵活现，头头是道，就好像他俩硬是亲眼见过，不，甚至亲口吃过似的。

赫尔曼还细致描述三百年前的一次大战役的战况，并且叫得出身临战场的所有将军的姓名。最后，阿黛贡琴甚至讲到了天上的星星，并声言有各种稀罕的动物和图形坐落在天上。费里克斯听得胆战心惊，忍不住靠近妈妈身边，咬着她耳朵轻声问道：

"嗨，妈妈，亲爱的妈妈！他们在那里唠唠叨叨，究竟都说些什么呀？"

"住嘴，傻小子，"妈妈低声训斥费里克斯说，"那都是学问！"

费里克斯不做声了。他爸爸封·布拉克老爷却一迭连声地惊呼：

"令人惊讶，闻所未闻！而且这么小小年纪！"

"我的主啊！"封·布拉克太太则连声感叹："真是些天使啊！可在野蛮的乡间，咱们这两个小东西会有啥出息哟。"

眼见着堂弟也跟着堂弟媳一起感叹，茨利阿努·封·布拉克伯爵便安慰他俩，并答应很快给他们派来一位有学问的先生，完全免费教育这两个孩子。说话间，漂亮马车又驶到了屋门前。猎人搬进来两只大纸盒，阿黛贡琴和赫尔曼接过手来递给克莉斯丽和费里克斯。

"您喜欢玩具吗，蒙奢儿（mon cher，法语：我亲爱的先生）？这里我给您带来了一些最高级的玩具。"赫尔曼文质彬彬地一鞠躬，对费里克斯说。

费里克斯却耷拉着耳朵，他心里很难过，自己却不知道为什么。他手捧着纸盒，脑子里一片空白，嘴里喃喃道：

"咱不叫蒙奢儿，咱叫费里克斯，人家也不称咱您，而称咱你来着。"

克莉斯丽也笑不出来，倒是快要哭了，尽管从阿黛贡琴递给她的纸盒里溢出阵阵甜香，好像装的是可口的零食。出于习惯，苏尔坦在门口又跳又叫，它是费里克斯忠实的朋友和宝贝儿；赫尔曼却被它吓坏了，回头跑进屋里，哇哇大哭起来。费里克斯说：

"它不会咬你的，它才不会咬你呢，干吗又哭又叫啊？它只是一条狗，你不是见过那些最可怕的野兽吗？就算它朝你冲过来，可你有佩刀呀！"

费里克斯怎么劝也没有用，赫尔曼仍一个劲儿哭喊，直到猎人不得不抱起他，把他抱上了马车。也不知是受了哥哥的痛苦感染，还是只有上帝才知道的别的什么原因，阿黛贡琴同样大哭起来。这可刺激了克莉斯丽，她也开始抽咽和哭泣。在三个孩子的哭喊声中，茨利阿努·封·布拉克伯爵老爷驱车离开布拉克海姆村，贵客来访到此结束。

新玩具

马车载着茨利阿努·封·布拉克伯爵和老婆、孩子刚一驶下岗子，塔朵斯老爷便很快脱掉绿褂子和红马甲，很快穿上宽大的粗呢短上衣，抓起宽宽的梳子来把头发刮了两三下，同时深深叹了一口气，扩了扩胸，然后叫了一声："感谢上帝！"孩子们也飞快脱掉了过节才穿的小衣裙，一下子感觉到轻松又快活。

"去林子里喽，去林子里喽！"费里克斯欢叫着，一跳三丈高。

"你们难道不想先看看，赫尔曼和阿黛贡琴给你们带来了什么吗?"母亲说。

克莉斯丽在换衣服时已盯着那盒子,目光充满了好奇,便说是可以先看看,反正待会儿有的是时间跑到林子里去。费里克斯却很难被说服。他说:

"那穿灯笼裤的傻瓜和他满身丝带的妹妹,他俩能给咱们带什么好东西来?吹起学问什么的呱啦呱啦一大套,可刚刚才吹过狮子、狗熊,还说知道怎么捕捉大象,马上却让咱苏尔坦给吓坏了,腰上挂着一把指挥刀,竟哭着喊着钻到了桌子底下。我看真是个好汉!"

"嗨,亲爱的费里克斯,咱们就只稍微打开一下盒子好吗?"克莉斯丽请求说。

费里克斯呢,总是尽量讨妹妹欢心,这次也暂时打消了去林子里的念头,跟克莉斯丽一块儿耐心地坐到了摆着纸盒的桌子跟前。妈妈揭开了纸盒,可瞧啊——

唔,我亲爱的读者们啊!在欢乐的年市上,或者在过圣诞节的时候,你们大家肯定都曾收到过爸妈或亲友赠送的礼物吧。礼物又多又漂亮,回想一下呗,当你们看见面前那些躺着的、站着的闪亮的铅兵,那些摇风琴的小人儿,那些打扮得漂漂亮亮的布娃娃,那些精美的家什,那些色彩迷人的图画书,等等等等,你们是如何地欢呼雀跃哦!费里克斯和克莉斯丽眼下也感受到跟你们当时一样的巨大欢乐,因为从盒子里取出来了一大堆最最可爱、最最漂亮的礼物,还有各式各样的糖果和零食,乐得两个孩子一次一次地拍掌欢呼:"哎,太棒啦!太棒啦!"只有一只装糖果的纸袋子让费里克斯不屑地摆到了旁边,他正想把它扔出窗外,克莉斯丽却求他至少留下那些亮晶晶的糖果。费里克斯尽管因此放弃了整个儿扔掉的打算,却撕开纸袋,抓出几块糖果扔给了这时摇着尾巴跑进来的苏尔坦。苏尔坦用鼻子嗅了嗅,便不耐烦地把头扭向一旁。

"瞧见了吧,连苏尔坦都不肯吃那臭玩意儿!"费里克斯说。

在所有玩具中间,最让费里克斯高兴的是一个身材魁梧的猎手;他上衣底下藏着一截细绳子,一拽绳子,他就会举起猎枪,瞄准装在半米开外的靶子射击。另外费里克斯还喜欢一个小人儿,一拧紧发条,他就会不停鞠躬,还叮叮咚咚地弹竖琴。但费里克斯的最爱还是一支猎枪和一把长长的猎刀,它们都系用木头做成并刷了银粉,还有就是一顶轻骑兵小帽和一个子弹夹。克莉斯丽特喜欢一个打扮得很漂亮的布娃娃,还有一套干净、完整的家具摆设。

俩孩子忘记了树林和田野,兴致勃勃地玩儿那些新玩具,一直玩儿到很晚了才上床睡觉。

新玩具的林中遭遇

第二天,孩子们接着昨天晚上玩儿他们的新玩具。他们搬来盒子,掏出玩具,变着法儿玩了个够。跟昨天一样,这时阳光又明亮而欢快地照进窗户里来,白桦林又在轻拂的晨风中窸窸窣窣,絮语绵绵,黄雀、金翅鸟和夜莺又唧唧喳喳地唱起了最优美动人、最欢快明亮的歌儿。费里克斯这时正跟他的猎人、他的摇风琴小人儿、他的猎枪和弹夹待在一起，却突然感觉心里憋得慌，并且很是郁闷。

"嗨，"他大叫一声，"嗨，外面可是美得多啊！走，克莉斯丽，咱们跑进树林里去！"

可克莉斯丽刚给大布娃娃脱掉了衣服，正准备再给她穿上，这么做她觉得很快乐，因此不愿意出去，而是请求哥哥：

"亲爱的费里克斯，咱们在这儿再玩儿一会儿好吗？"

"你不知道，"费里克斯回答，"咱们可以把最好的玩具带去呀！我腰挂猎刀，肩挎猎枪，一看就是个猎人。那个小猎手和摇风琴的小人儿可以当我的随从。你呢，克莉斯丽，可以把大布娃娃和家什中最好的带去。走吧，走吧！"

克莉斯丽飞快穿好布娃娃。两个孩子随即带上玩具奔进树林，在一处美丽的绿荫下面安顿下来。他俩玩儿了一会儿，费里克斯正在让那摇风琴的小人儿演奏他的保留曲目，克莉斯丽却开了口：

"你知道吗，亲爱的费里克斯，你的小人儿演奏得一点儿都不好？听听，一个劲儿地叮—叮—叮，乒—乒—乒，在这儿林子里真是难听极了。鸟儿们都好奇地从树丛中往外瞅，我相信，让这么个蹩脚乐师来为它们唱歌伴奏，它们生气极了。"

费里克斯把发条拧得越来越紧，最后大声回答：

"你说得对，克莉斯丽！这小子弹得是很难听，有什么办法呢？——对面有几只黄雀那么狡猾地瞅着我，叫我真不好意思。——可得让这小子弹好听一点儿——弹好听一点儿!"他边说边死劲儿拧发条,拧着拧着突然咔嗒——咔嗒——,弹竖琴小人儿站在上面的箱子整个崩溃了,碎成了无数小块儿,小人儿的胳臂也已断掉。

"哦,哦!"费里克斯直叫。

"唉,可怜的小人儿!"克莉斯丽大声哀叹。

费里克斯瞪着破玩具瞅了一会儿,然后说:"这是个傻小子,琴弹得特臭,一脸蠢相,跟咱们那灯笼裤堂兄一个德行。"说着就把弹琴小人儿远远地扔进密林里去了。"可我要夸奖咱这猎人,"费里克斯接着说,"他一次一次地射中了靶子。"

于是他便让小猎手举起枪来频频射击。射了一会儿,费里克斯突然说:

"可真蠢哦,这小子总是朝着靶子射,爸爸说了,一个猎手这样子完全不行。他必须在林子里射麋鹿、射驯鹿、射兔子,而且要在它们全速奔跑时射中。——不要这小子再射靶子。"说着,费里克斯拔掉了装在猎人面前的靶标。"喏,朝林子里射吧。"他大声喊,但是不管他怎么扯那截细绳子,小猎手的两条胳臂仍旧软塌塌地垂着。他不再举枪,不再射击。"哈哈,"费里克斯叫道,"在房间里射靶子你行,可到了树林里,到了猎人显身手的地方,就不行了。你小子多半也怕狗吧,也会一见狗跑来就背着你的猎枪逃走,就跟那个挎着军刀的灯笼裤堂兄一样吧!——哎,你这愚蠢的窝囊废哟。"话音未落,费里克斯已经把猎手跟弹琴小人儿一样扔进了密林。

"来啊！咱们跑一跑。"他喊妹妹克莉斯丽。

"好的，亲爱的费里克斯，"妹妹回答，"可我要我漂亮的布娃娃一起跑，这会很有意思。"

于是费里克斯和克莉斯丽一人抓着布娃娃的一条胳膊飞快地穿过树林，跑下岗子，一直跑啊跑啊，跑到了一片被高高的芦苇包围起来的水塘边上——这水塘仍旧属于塔朵斯·封·布拉克老爷的产业，他时不时地还爱来这儿打野鸭子。俩孩子停了下来，费里克斯说：

"环境变了，咱们也变一变，我不是有支猎枪吗，谁知道会不会也在芦苇中打着只鸭子，跟咱爸爸一样？"

谁知克莉斯丽立刻叫起来："哎哟，我的布娃娃，快瞧我的布娃娃她怎么啦！"

可怜的小东西自然是够惨的。奔跑途中，不管是克莉斯丽还是费里克斯都没留心她，结果衣裙让树杈撕得稀巴烂，是啊，甚至两条腿都全折断了。蜡制的漂亮小脸蛋儿几乎没了影儿，烂得丑得真叫做惨不忍睹！

"哎呀，我的布娃娃，我漂亮的布娃娃！"克莉斯丽哀号。

"现在瞧见了吧，"费里克斯说，"外来的孩子给咱们带了些啥破东西。你那布娃娃，这丫头又笨又蠢，连跟着咱们跑都不行，一跑就把全身挂得稀巴烂——给我吧！"

克莉斯丽悲伤地把面目全非的布娃娃递给哥哥，费里克斯干脆把布娃娃扔进了水塘，见此情形克莉斯丽忍不住"唉！唉！唉！"叹息。

"别难过,"费里克斯安慰妹妹,"别为这愚蠢的东西难过。要是我射到一只野鸭子,彩色翅膀上最好看的羽毛归你。"

恰好芦苇丛里传来唰唰唰的声音,费里克斯立刻端起他那木头猎枪,可是随即又放了下来,若有所思地凝视着前方。

"我自己不也是个傻瓜蛋么,"随后他低声自言自语起来,"要开枪得有火药和铅子儿,我有这两样东西吗?——再说,我能往木枪里面填火药吗?——这傻木头到底有啥用?——还有那把猎刀?——也是木头做的!——不能砍,不能刺!——堂兄的战刀多半也是木头,所以他被苏尔坦吓着了却拔不了刀。我知道啦,灯笼裤堂兄只是拿他的玩具来逗咱们,样子倒是挺像,却完全没有用。"说着,他把猎枪、猎刀还有弹夹,一股脑儿扔进了水塘。

然而克莉斯丽仍然为失去布娃娃闷闷不乐,费里克斯呢,也一直提不起兴致。兄妹俩就这样灰溜溜回到了家里,当母亲问:"孩子们,你们的玩具呢?"费里克斯便老老实实地把情况讲了出来,讲了他怎么弄坏猎手,弄坏弹琴小人儿,弄坏猎枪,扔掉了猎刀和弹夹,还有克莉斯丽怎么失去了布娃娃。

"唉,"封·布拉克太太颇有点生气地大声说,"你们两个小笨蛋,怪只怪你们玩不来精美的玩具。"

塔朵斯·封·布拉克老爷听着费里克斯的讲述,脸上却显然挂着得意的神气,说:

"随孩子们的便吧。从根本上讲,那些古怪陌生的玩意儿只会搅昏孩子们的头,让他们战战兢兢,我看扔掉了好些。"

可孩子们不明白，封·布拉克太太也不明白，封·布拉克老爷说这话究竟是啥意思。

外乡孩子

费里克斯和克莉斯丽大清早就跑进了树林。妈妈叮嘱他俩一定要马上回来，因为他们必须比平日更多地待在家里，更多地读书、写字，免得在即将到来的家庭教师面前太丢人现眼。费里克斯回答妈妈："那就得让我们在外出的这个小时跳个够，跑个够！"

也确实如此，他俩立刻玩儿起狗追兔子来，在林子里面疯跑；可是没过几秒钟，他们就玩厌烦了，所有其他游戏也一样，只让他俩感到厌倦和无聊。他们自己也不知道是怎么回事，偏偏今天干什么都倒霉。一会儿费里克斯的便帽让风给刮到灌木丛里去了，一会儿他跑得正欢脚下一绊，摔了个嘴啃泥，一会儿克莉斯丽的裙子让刺丛给挂住了，一会儿她踢到了尖石头，痛得她哇哇地哭起来。兄妹俩很快便不再玩儿任何游戏，在林子里垂头丧气地走着。

"只好钻进房间里去喽，"费里克斯嘴里这么说，脚却不再往前迈，而是一屁股坐倒在一棵美丽的树的树荫里。克莉斯丽也学哥哥的样子，两个孩子于是便这样没精打采地坐着，眼睛呆呆地瞪着地面。

"唉，"克莉斯丽终于轻轻叹了口气，说，"唉，咱们要是还有那些玩具就好啦！"

"那些玩具，"费里克斯咕噜道，"它们对咱们一点儿用处都没有，肯定又会给弄碎，弄坏。听我说，克莉斯丽！——妈妈说得可真是不错——那些玩具呱呱叫，只是咱们不知道怎么玩；为什么不会玩儿，因为咱俩没有学问。"

"哎，亲爱的费里克斯，"克莉斯丽大声应道，"你说得对，要是我们也把那些学问背得滚瓜烂熟，就跟穿戴时髦的堂兄和打扮漂亮的堂妹一样，嗨，那你的猎人还在，你的弹琴小人儿还在，我美丽的布娃娃也不会躺在水塘里！——咱们真笨啊——唉，咱们没有学问哟！"

可是，两人突然间都不做声了，接着又满怀惊讶地问：

"你看见了吗，克莉斯丽？"

"你听见了吗，费里克斯？"

原来从兄妹俩对面的密林深处，从幽暗的树影里，突然射出一道奇异的光线，就像温柔的月光戏弄着快活地颤抖的树叶儿，从飒飒作响的叶簇间，突然传来一阵甜美的声音，就像和风爱抚地拂过竖琴的弦索，拨弄出一串串梦幻般缥缈轻柔的和弦。两个孩子心情变得十分异样，一切烦恼都消散了，可眼里却噙满泪水，这泪水来自一种从未曾体验过的甜蜜的痛苦。

密林中射出的光线越来越鲜明，传过来的奇妙的声音越来越响亮，俩孩子的心跳也随之越来越厉害。他们凝视着亮光，哇！他们看见在一片明媚和煦的阳光中，显现出一张极其甜美、可爱的孩子的脸庞，看见这小脸儿正从林间冲着他俩微笑，向他俩示意。

"哦，上咱们这儿来呀——你快上咱们这儿来呀，可爱的孩子！"费里克斯和克莉斯丽齐声叫喊，从地上跳起来，怀着无法描述的渴望，朝那甜美的形象伸出手去。

"我来——我来。"林中传出甜蜜的回音，像是被徐徐吹拂的晨风托着，那外乡孩子飘落在了费里克斯和克莉斯丽跟前。

外乡孩子如何带着兄妹俩玩耍

"我老远就听见你们在哭泣，在抱怨，"外乡孩子说，"因此我很同情你们，亲爱的孩子们，你们到底怎么啦？"

"唉，我们自己也不知道是怎么啦，"费里克斯回答，"可是我现在感觉到，好像就是因为我们缺少了你。"

"可不是吗，"克莉斯丽抢过话头，"现在有你跟我们在一起，我们又感到快活啦！可你为什么还离开我们这么久呢？"

兄妹俩确实就像早已认识外乡孩子，还和他一起玩儿过，仿佛真是由于见不着心爱的玩伴，才闷闷不乐似的。

"自然喽，"费里克斯接着说，"我们现在完全没有了玩具，都怪我是个傻小子，昨天把灯笼裤堂兄送给我那些再好不过的玩具统统弄坏了，扔掉了，真是丢人，弄得我们现在想玩儿却没啦。"

"嗨，费里克斯，"外乡孩子大笑道，"嗨，你怎么能够这样说？你扔掉的那些东西本来就没有什么用，克莉斯丽也跟你一样，你俩身边到处是最好玩最有趣的玩具，就只怕你们看不见。"

"哪儿啊？哪儿啊？"克莉斯丽和费里克斯齐声问。

"转过头瞧瞧你自己身边吧。"外乡孩子大声回答。

于是费里克斯和克莉斯丽看见：从厚厚的绿草底下，从绒绒的苔藓底下，有无数色彩鲜艳的花儿正眨着亮晶晶的小眼睛，在往外窥视，花儿之间躺着许多石子儿和贝壳，同样也五光十色，闪闪发亮；一些金甲虫翩翩飞舞，嘤嘤嗡嗡地哼着歌儿。

"现在让咱们来建一座宫殿，帮我运一些石头过来吧！"外乡孩子大声说，说着便弯下腰去拾地上的石子儿。克莉斯丽和费里克斯也帮着拾，外乡孩子砌起石头来很灵巧，一会儿就耸立起来高高的柱子。在阳光中，一根根柱子像打磨过的金属似的熠熠生辉，上面支撑着个敞亮的金色穹顶。

这时候，外乡孩子又弯下腰吻了吻从地上探出头来的花朵，花朵就簌簌地发出甜美的絮语，并开始长高、长高，同时相互亲密地缠绕在一起，形成一条条芬芳馥郁的露天长廊，于是孩子们满怀欣喜地在廊下来回漫步。接着外乡孩子拍了拍手，宫殿的金色穹顶便嗡嗡地分散开来——原来呀穹顶是金甲虫张开翅膀拼成的——，熠熠生辉的柱子则变成一条潺潺吟唱的银色溪流，溪流岸边生长着五色斑斓的花朵，它们一会儿瞪大眼睛，好奇地瞅着溪水中的浪花，一会儿摇头晃脑，倾听着溪水单纯的絮叨。这时外乡孩子摘下一些草茎，折断几根小树枝，在费里克斯和克莉斯丽跟前把它们撒开。谁料草茎立刻变成了布娃娃，一个个漂亮得他俩从来也没见过；树枝变成了一个个小猎人，也可爱极了。布娃娃围着克莉斯丽跳起舞来，让她把她们抱在怀里，用很纤细的嗓音对她说：

"可要好好待我们哦,亲爱的克莉斯丽,可要好好待我们哦!"

小猎手们熙来攘往,咔嚓咔嚓地扳着猎枪,还吹响他们的猎号,高声呼唤:"哈罗!——哈罗!打猎去喽,打猎去喽!"

突然从树丛里跳出一群兔子,猎狗跟踪追赶过去,猎手们则在后面啪啦啪啦放起枪来!——

这才叫好玩啊!——可一切又烟消云散了,克莉斯丽和费里克斯忍不住大喊大叫:

"布娃娃呢?布娃娃呢?——猎人呢?猎人呢?"

"噢,"外乡孩子回答,"他们全部听你们指挥,你们什么时候想要他们,他们都会立刻出现在你们身边,只是眼下,你们是不是去树林里跑跑更好呢?"

"是啊,是啊!"费里克斯和克莉斯丽一齐大声回答。于是外乡孩子牵起他俩的手,叫道:"走吧,走吧!"说着便往前走去。

可这哪里还叫跑呀!——不!孩子们是轻飘飘地飞出树林,飞越田野,毛色鲜明的鸟儿们嘹亮地唱着歌,围绕着他们身边振翅翱翔。忽然之间向上飞去,飞到了云端上面。

"早上好啊,孩子们!早上好,费里克斯老弟!"鹭鸶在飞过时喊道。

"别伤害我,别伤害我哟!——我不再吃掉你们的鸽子了!"老鹰惊恐地叫喊着,飞快躲开他们。

费里克斯高兴得大声吆喝,克莉斯丽却提心吊胆。她喊道:

"我喘不过气来了——唉,我肯定会掉下去!"

外乡孩子一听便带着兄妹俩往下降,对他俩说:

"那今天我就唱支森林之歌和你们告别吧,明天我会再来。"

说罢,外乡孩子掏出一把小小的猎号,号上的金色弯管看上去跟一些闪亮的花环差不多。他开始吹起号来,吹得那么优美动听,整个树林都发出了悦耳的共鸣回响。好似响应号声的召唤,一群夜莺扑喇喇飞来,降落在外乡孩子身边的树枝上,同样唱起了它们最好听的歌儿。可是不经意间,乐音歌声越来越弱,越来越弱,最后和外乡孩子隐没在消失了的树丛中,传出来一点儿窸窸窣窣的响声。

"明天——明天我会再来!"外乡孩子远远地对兄妹俩发出喊声。他们不知道自己是怎么回事,内心感觉到了从未有过的幸福快乐。

"唉,要是已经到了明天就好啦!"费里克斯和克莉斯丽异口同声,边说边急急忙忙往家里跑,为的是给爸爸妈妈报告在林子里的遭遇。

布拉克老爷和布拉克太太谈论外乡孩子
外乡孩子后来做了什么

费里克斯和克莉斯丽心里只想着外乡孩子,一个劲儿赞美他为人和蔼可亲,歌喉优雅甜美,游戏妙趣横生,塔朵斯·封·布拉克老爷临了只好这么对妻子说:"我差不多相信孩子们完全是在做梦喽!"——"可我又一想,"他接着讲,"俩小家伙还从来没有这样做过梦,结果我自己也就不知道对他俩讲的一切该怎想了。"

"哦，亲爱的，别伤脑筋啦！"布拉克太太回答说，"我敢打赌，外乡孩子不是别人，就是邻村教员家那个戈特里普。这小子跑来咱们这边，给孩子们的脑袋灌满了乌七八糟的怪念头，可让他将来再这么干试试！"然而布拉克老爷不同意妻子的想法，为了把事情弄个水落石出，他把费里克斯和克莉斯丽叫了过来，要他俩详细描述那孩子什么模样，穿的什么衣服。对于长相，兄妹俩意见一致：孩子的脸儿白得如百合，面颊红得像玫瑰，红红的嘴唇好似樱桃，眼睛蓝得发亮，满头卷曲的金发，整个人俊得真是没法儿形容。至于说到衣服嘛，他们自己只知道，外乡孩子穿的完全不是蓝白条纹的夹克，不是同样花色的裤子，头上也没戴顶黑皮便帽，就像教员家的戈特里普那样。相反，关于外乡孩子的穿戴，他们的大致描述叫人既感觉神奇，又完全摸不着头脑。因为克莉斯丽坚持说，外乡孩子穿着一件用玫瑰花瓣做的小衣服，轻飘飘，亮闪闪，美丽极了；费里克斯意见相反，外乡孩子的衣服泛着绿色的金光，就像阳光里初春的嫩树叶，完全没法想象，他会是某个教员家的孩子。费里克斯接着说，要知道他太擅长打猎啦，肯定来自某个森林茂密的狩猎之乡，将来会成为一位从未有过的出色猎手。

"哎，费里克斯，"克莉斯丽打断哥哥，"你怎么能说那小姑娘一定会成为猎人呢？是啊，她是擅长打猎，可她多半还更擅长持家哩，要不，她怎么能替我把那些布娃娃穿戴得那么漂亮，把碗擦洗得那么干净！"

这就是说，费里克斯认为外乡孩子是个男孩儿，克莉斯丽相反却坚持说是个小姑娘，在这点上两人意见没法一致。

"跟孩子们这么胡扯毫无意义。"布拉克太太说。

布拉克老爷意见相反："要是我能跟在孩子们后面进树林里去就好了！那我就可以偷听到，和他俩玩儿的究竟是个什么怪孩子。可是呢，我又感觉这样做会破坏孩子们的巨大快乐，因此不想跟着去听。"

第二天，费里克斯和克莉斯丽在往常的时间跑进树林，看见外乡孩子已经在那里等着他们，于是马上开始接着玩昨天的有趣游戏，很快便完成了一些很可喜的奇迹，乐得费里克斯和克莉斯丽一次又一次地欢呼雀跃。既好玩儿也感人的是，外乡孩子在游戏时还能跟树木、跟花草、跟林间小溪对话，声音是那样温柔，神态是那样虔诚。对方的回答也都清晰可闻，费里克斯和克莉斯丽听懂了谈话的所有意思。只听外乡孩子冲着小精灵灌木丛喊道："你们这些饶舌的家伙，你们又在唧唧唧唧地咬什么耳朵？"

突然小树枝开始颤动，传出来了笑声和唧唧唧的说话声：

"哈哈——哈哈——我们很高兴啊，晨风朋友今天从蓝色的山顶吹拂下来，赶在阳光照射之前，给我们带来了可喜的信息，带来了金女王的一千次问候和亲吻，还有充满馥郁花香的蝴蝶翅膀的一次次振动。"

"噢，别说了，"鲜花打断灌木丛的絮叨，"噢，别说了，别说那自吹自擂的蝴蝶翅膀，它们散发的那点儿香气嘛，都是靠虚情假意从我们这儿骗去的。孩子们，别再听树丛唧唧咕咕，嗖嗖飒飒，你们要瞅瞅咱们，听听咱们；我们真是太爱你们啦，为讨你们欢心，我们精心打扮自己，日复一日地呈现着最漂亮、最鲜艳的色彩。"

"可我们不是也爱你们吗，美丽的花朵？"外乡孩子回答。

但与此同时，克莉斯丽却跪倒在地上，远远地伸开臂膀，像是想要拥抱生长在她周围的所有鲜艳迷人的花儿，并且大声说："哦，我真是太爱你们啦！"

"嗨，"费里克斯道，"你们穿戴得这么漂亮，我当然也挺喜欢，不过我更看重绿荫，更看重灌木、乔木，更看重树林，必须由它们保护你们，给你们荫蔽，你们这些五光十色的小乖乖！"

突然，高耸的、幽暗的枞树林间嘎啦啦作响：

"这话不假，孩子，好样儿的。你不用害怕，如果风暴老兄跑来了，我们跟着粗鲁的家伙发生小小的争吵。"

"嗨，"费里克斯大声回答，"你们只管大胆地喘息、呼喊和嘎嘎嘎叫吧，绿色巨人，只有这样，真正的好猎手才会心花怒放。"

"你说得完全对，"小溪水声潺潺，泼啦泼啦，"你说得完全对，可干吗老是打猎啊？老是在狂风暴雨里辛苦奔波啊？——来吧，坐在柔软的苔藓上，听我给你讲。我来自深涧里的遥远国度，——我要给你们讲美丽的童话，就像一浪一浪不断涌向前方似的，讲一个又一个新的童话。我还要让你们见识最美的景致，瞧瞧我镜子般明亮的面庞吧——馥郁芬芳的蓝天——金色的云朵——灌木、鲜花和树林——还有你们自己，可爱的孩子们啊，我要紧紧地拥抱你们啊！"

"费里克斯,克莉斯丽,"外乡孩子环视四周,声音柔美地说,"费里克斯,克莉斯丽,听听吧,所有一切都深爱着我们。可是晚霞已经从山后升起,夜莺已经在召唤我们回家去了。"

"哦,让我们再飞一会儿吧。"费里克斯请求。

"只是别飞得那么高呀,我头已经很晕了。"克莉斯丽说。

外乡孩子于是像昨天一样抓住他俩的手,三人一起飘浮在晚霞紫金色的霞光中,四周翱翔着色彩缤纷的鸟群,鸟儿们不住欢歌——好不热闹,好不快活!在火焰一般涌动飘荡的灿烂云霞中,费里克斯看见几座纯粹用红宝石和其他闪光宝石建成的宫殿,真是再辉煌再华丽不过。

"你快看,克莉斯丽,快看呀,"他满怀惊喜地喊,"多么豪华的房子,咱们勇敢地飞过去吧,咱们一定能飞到那里。"

克莉斯丽也发现了那些宫殿,因此忘记掉所有恐惧,眼睛不再朝下,而是目不转睛地凝视着远方。

"那是我可爱的空中楼阁,"外乡孩子说,"只是今天咱们不能再去啦!"

费里克斯和克莉斯丽心神恍惚,如在梦中,自己也不知道怎么就糊里糊涂地回到了家里,坐在了爸爸妈妈身边。

外乡孩子的故乡

林子里有个风光极为优美的地方,两旁都是飒飒作响的小树林,小溪则从不远处流过,外乡孩子便用窈窕的百合、鲜艳的玫瑰和五色的郁金香，在这里搭建了一座非常美丽的帐篷。外乡孩子领着费里克斯和克莉斯丽坐在帐篷下面，聆听潺潺的溪水，絮絮叨叨地讲述种种着奇异的事情。

"可它讲些什么我并不完全懂，"费里克斯先开了口，"不过我觉得，最可爱的小男孩，你能够清楚地告诉我，它究竟在那儿嘀咕些什么。我原来想问你一个根本性的问题，你到底从哪里来？还有，每次我们都莫名其妙，不知道你又跑到哪里去了？"

"你知道吗，亲爱的小姑娘，"克莉斯丽抢过哥哥的话头，说，"妈妈认为你就是邻村教员家那个戈特里普？"

"住嘴，傻瓜，"费里克斯呵斥妹妹，"妈妈从来没有见过可爱的男孩，要见了她绝不会提教员家的戈特里普。——喏，可爱的男孩，快告诉我你住在哪儿，好让我们即使在冬天刮风下雪、树林里无路可走的时候也能找到你家。"

"是啊！"克莉斯丽说，"你一定得告诉我们你住在哪里，爸妈是谁，特别是你到底叫什么名字。"

外乡孩子凝视前方，神情严肃甚而至于悲哀，并深深地叹了口气，沉默了一会儿后才开口说："唉，亲爱的孩子们，你们干吗打听我的家乡？难道我每天来找你们，陪你们玩儿，还不够吗？——我只能告诉你们，那边的青色山峰像云雾似的蜿蜒起伏，我就住在山峰的后面。可是呢，你俩一个劲儿地往前走，走了许多许多天终于站在山峰顶上，一瞧前面远远的却又有同样一些山峰，你们要找我的家乡必须再翻过山去。终于翻过了这些群山，又会看见新的群山，就这样反反复复，你们呀永远别想走到我的家乡啊。"

"唉,"克莉斯丽哭起来,"唉,那就是说,你大概住在离我们几百英里远的地方,来我们这儿只是看看朋友喽。"

"你瞧,克莉斯丽,"外乡孩子接着说,"要是你非常非常想念我,我立刻会来到你身边,陪你玩儿各式各样的游戏,给你带来我家乡各式各样的奇珍异宝,这难道不跟咱们在我的家乡相聚和玩耍一样么?"

"那可是不一样,"费里克斯说,"因为我相信,你的家乡必定是个非常非常美丽的地方,到处都有你带给我们的奇珍异宝。不管你把去你家乡的路描述得多么艰险,一旦有可能,我肯定仍旧会动身上路。我将穿过一座座幽暗可怕的密林,行经一条条荒草丛生的小路,翻越一座座高山,蹚过一道道溪流,攀上嶙峋的岩石,穿过荆棘密布的丛莽,就像个勇敢的猎手——这,我一定说到做到!"

"你也做得到啊,"外乡孩子欢笑着大声应道,"只要你下定决心,你就差不多已经达到了目的。我生活的家乡确实非常美,非常神奇,美和神奇得简直让我没法儿形容。我的母亲是位女王,她统治着这个气象万千、壮丽无比的国度。"

"这么说,你是位王子喽——你是位公主喽!"费里克斯和克莉斯丽同时惊叫起来,几乎像是给吓了一跳。

"就算是吧。"外乡孩子回答。

"那你肯定住在一座美丽的宫殿里?"费里克斯接着问。

"是的,"外乡孩子回答,"我妈妈的宫殿比你刚才在云端看见的豪华宫殿还要美得多，它那些纯水晶的立柱高耸入云，支撑着上边穹顶般的蓝色天空。蓝天下，灿烂的云朵像生着金色翅膀似的随风飘荡，紫金色的朝霞和晚霞起起落落，随着美妙悦耳的乐声，一群群闪烁的星星跳着轻盈的舞蹈。——亲爱的朋友，你们大概听说过能创造种种非凡奇迹的仙女吧？你们恐怕也发现了，我妈妈正是这样一位仙女。是的！她确实是位仙女，而且是所有仙女中法力最强大的。她以自己忠诚的爱拥抱世间万物；可令她痛心的是，有许多人压根儿不愿对她有所了解。不过我妈妈最喜欢小孩，因此她在她的王国为孩子们举办的一个个节日，都再美好不过，再欢乐不过。这时候，她宫里那些穿戴华丽的侍女会勇敢地翱翔在云端；从宫殿这头到那头，会张起一道无比鲜艳美丽的七彩霓虹。彩虹底下，完全用钻石堆砌成我妈妈的王座，可这王座的优美造型和馥郁香味，又仿佛来自百合、丁香和玫瑰。在我妈妈登上王座的当儿，侍女一起拨响她们的黄金竖琴，敲响她们的水晶铙钹，宫廷歌手随之引吭高歌，歌喉甜美得真叫人如痴如醉。这些歌唱家啊，他们可全都是美丽的鸟儿，浑身紫色羽毛，个头儿比鹰还大，你们恐怕还从来没见过。可一当乐声响起，宫殿、树林和花园里的一切全都活跃起来。成千上万打扮得漂漂亮亮的小孩活蹦乱跳，欢呼雀跃。他们一会儿在丛林间穿梭、追逐、嬉戏，相互抛掷鲜花，一会儿攀爬到细长的小树顶上，让自己在风中摇荡，一会儿摘取金灿灿的果子吃，果味儿之甜美可是世间没有任何食物可比，一会儿跟驯鹿玩耍，跟从小树林中迎面跑来的其他漂亮动物玩耍，一会儿勇敢地在彩虹间跑上跑下，或者甚至跟无畏的骑手似的骑上美丽的锦鸡，驾驭着锦鸡在灿烂的云霞间穿梭飞翔。"

"哦，那必定棒极啦！哦，带我们去你家乡吧，咱们要永远留在那里！"费里克斯和克莉斯丽兴奋得叫起来。可外乡孩子却回答：

"事实上我没法带你们去我家乡，太遥远啦；要想去，你们就必须像我这样善于飞行，这样不知疲倦。"

费里克斯和克莉斯丽难过极了，默默地低下了头。

仙国女王宫里的坏大臣

"而且归根结底，"外乡孩子接着说，"而且归根结底，在我的家乡，你们也许根本不会感觉惬意，不会像你们根据我的讲述来想象的那么惬意。是啊，待在那儿甚至可能对你们有害。有些孩子可能受不了那些紫红色小鸟的歌唱，尽管这歌声如此优美，但他们一听心脏就会爆裂，立刻丢了小命。另一些孩子可能冒险骑上彩虹飞驰，一不小心就会掉下来摔死。还有些小孩更是愚蠢透顶，一得意竟折磨驮着他们飞行的锦鸡，叫这原本驯良和善的鸟儿对这些小傻瓜大为气恼，用它尖利的鸟喙啄开他们的胸腔，小蠢货便一个个血淋淋地从云端掉了下去。每当孩子们这样咎由自取，遭遇不幸，我妈妈都难过得要命。本来她是很乐意让全世界的孩子都去分享自己国度里的快乐啊，尽管许多孩子也很会飞行，可到头来他们不是太胆大妄为，就是太胆小怯懦，只会给她造成担忧和恐惧。正因此她才允许我飞离自己的家乡,给懂事乖巧的孩子们送去各式各样精美的玩具,就像我对你们做的这样。"

"唉,"克莉斯丽叫起来,"我肯定不会伤害任何一只美丽的小鸟,更不会骑上彩虹飞行。"

"这可是我求之不得的啊,"费里克斯抢过话头,"就是为了这个,我才巴不得去你的女王妈妈那里。你能不能至少也把彩虹带来呢?"

"不行,"外乡孩子回答,"这不可能,而且我还得说实话,连上你们这里来我都得偷偷摸摸的。从前,我到哪里都跟在妈妈身边一样安全,仿佛她美丽的王国伸展得无限广阔,遍及天下,可自从她把一个凶恶的敌人逐出了自己的国度,这家伙就怀恨在心,我到哪里也难免遭到恶毒的暗算。"

"那好,"费里克斯说着跃起身来,挥舞着他给自己削的木棍,说道,"那我倒要瞧瞧这个想伤害你的家伙。首先由我来收拾这小子,然后我再叫爸爸来帮忙,把这家伙逮起来关进高塔里去。"

"唉,"外乡孩子回答,"在我的家乡这邪恶的敌人动不了我一根毫毛,离开了我的家乡他对我却再危险不过;他太强大了,棍子和高塔都奈何他不得。"

"这叫你害怕的家伙,他到底是个什么怪物啊?"克莉斯丽问。

"我告诉过你们,"外乡孩子回答,"我妈妈是个强有力的女王,你们也知道,所有女王和国王身边都有一大帮大臣和侍从。"

"知道知道,"费里克斯应道,"我的伯爵伯父就是这样一位大臣来着,他胸前戴着一个星星。你妈妈的大臣们恐怕胸前也戴着闪闪发亮的星星吧?"

"不,"外乡孩子回答,"不,这倒没有,因为他们多数本身就是闪闪发亮的星星,其余的呢,也压根儿没穿可以佩戴那玩意儿的袍子什么的。我只想说,我妈妈所有的大臣都是强大的精灵,他们有的飘荡在空气里,有的沉浮在火焰里,有的藏身在江河湖海中,不论在哪儿,他们都会执行我妈妈的指示和命令。很久很久以前,一个别处的精灵来到了我们的国度,他自称佩帕斯琉,自诩为一位无所不知的大学问家,比其他所有精灵都更加能干。我妈妈把他安插在了自己的大臣班子里,谁知他很快就变得越来越阴险。他极力破坏其他大臣完成的事情,尤其是拼命想毁掉孩子们欢乐的节庆。他欺骗女王,装着像是要叫孩子们变得快乐又聪敏的样子,自己实际上却重重地赘在锦鸡的尾巴后面,叫它们飞不起来;孩子们想爬到蔷薇丛上面去,他又抓住他们的腿往下拽,叫他们摔得鼻血长流;有些孩子想跑跑跳跳,他就强迫他们低着脑袋在地上爬来爬去。那些会唱歌的鸟儿,他更是把各式各样有害的东西塞到它们的鸟喙里,让它们唱不出来,因为他受不了鸟儿的歌声;还有可怜的、温驯的小动物,他不肯和它们玩耍,而是把它们吃掉,说什么这些家伙就是生来给人吃的。可最最可恶的肯定是,他带领自己的一帮喽啰,给宫殿上那些美丽晶莹的宝石,那些闪闪发亮的花朵,那些蔷薇丛和百合丛,是的,甚至还有那光彩夺目的霓虹,都涂上一层黑糊糊的令人恶心的液体,让一切全失去了美丽的色彩,看上去死气沉沉,叫人难过心疼。干完了这一切，他却纵声大笑，高喊一切本该如此，他不是早就在书里这么写过吗？终于他彻底摊牌，宣称不再承认我妈妈是女王，说什么统治权归他一人独享，说着就变成一只巨大的苍蝇，只见它长长的鼻吻一伸一缩，两眼射出凶光，难听地嗡嗡嗡叫着一跃跃到了我妈妈的王座上，这时她和所有人才发现，这个顶着佩帕斯琉美名混进大臣队伍的狡诈之徒原来并非别人，正是阴险恶毒的侏儒王彭浦瑟尔。然而，这蠢货过高估计了他那帮喽啰们的力量和勇气。管空气的大臣们环绕着女王，朝她扇去甜美的香气；同时管火焰的大臣们在火海里上下翻飞，鸟儿也清洗干净鸟喙，一起发出嘹亮的歌声，于是女王再也看不见、听不见丑陋的彭浦瑟尔，再也闻不着他那臭烘烘的、有毒的呼吸。说时迟，那时快，锦鸡侯爵已用亮光光的利喙啄住凶恶的彭浦瑟尔，死劲儿咬住了他，痛得恼得他嘶声惨叫，随后再把他叼到一千公尺的高空中扔下地来。侏儒王给摔得一动不能动，直到他奶奶那只大青癞蛤蟆听见他拼命地叫喊，才爬过来把他背在背上，拖回家去。接着，五百个快乐勇敢的孩子得到五百只大苍蝇拍，用它们打死了彭浦瑟尔的丑陋喽啰。这帮家伙还成群地四处乱飞，还在糟蹋那些美丽的花儿。一当彭浦瑟尔滚远了，他用来遮盖一切的黑糊糊的液体也流掉了，花儿草儿便立刻自动恢复生机，重新变得鲜艳耀眼，漂亮美丽。你们想象得出来，可恶的彭浦瑟尔如今再不能到我妈妈的王国捣乱啦，可是他知道我经常要外出，便千方百计地改头换面，不停地追逐我，企图暗算我，害得我这可怜的孩子常常不知该逃到哪儿去，躲到哪儿去才好。所以嘛，我亲爱的伙伴，你们常常还没回过神来，我就已经逃得不知去向。而且没有别的办法啊，只能这个样子，我还可以告诉你们，要是我胆大妄为，还敢带上你们一起飞到我的家乡去，那彭浦瑟尔肯定会发现我们，结果掉我们。"

克莉斯丽得知外乡孩子不得不经常冒生命危险，忍不住失声痛哭。费里克斯却说：

"可恶的彭浦瑟尔如果只是一只大苍蝇，那我一定用我爸爸的大苍蝇拍去对付他，只要照准他鼻子狠狠地来这么一下子，那就让他的癞蛤蟆奶奶瞧瞧再怎么拖他回家去吧。"

家庭教师登门，兄妹俩战战兢兢

兄妹俩蹦蹦跳跳赶回家，一路上不停地呼喊："外乡孩子是位英俊的王子喽！——外乡孩子是位漂亮的公主喽！"

他俩原本打算欢天喜地地向爸妈报告这一喜讯，不想到了门口却一下子呆若木鸡：只见塔朵斯·封·布拉克老爷迎面走来，身边跟着个怪模怪样的陌生人，这人自顾自地嘀咕了一句："我看真是够份儿！"

"这位是家庭教师先生，"封·布拉克老爷一边抓起那人的手，一边说，"这位就是伯父大人给你们派来的家庭教师。过来好好向先生打个招呼！"

可俩孩子从旁边盯着那人，一动不能动，原因是他们还从来没见过模样这么古怪的人。他比费里克斯高不了半个脑袋，但却矮矮墩墩，壮壮实实，只是两条细瘦的蜘蛛腿儿跟又宽又厚的躯干极不相称，看上去很是怪异。可以说差不多长着个方脑袋，面貌极其丑陋，不只因为鼻子太长太尖，跟一张阔嘴和两块褐红色的肥脸泡根本凑不到一块儿，还有两只小小的、暴突出来的玻璃眼珠闪着凶光，叫人根本不敢对他正视。除此之外，他四方形的脑袋上顶着一块漆黑的假发，从头到脚也穿的漆黑，因此名字也就叫墨汁先生。眼见孩子们一动不动，封·布拉克太太生气了，呵斥道：

"怎么啦，你们两个鬼东西？难道想让老师把你们当成一点儿教养没有的农村孩子！——快，跟老师握握手呀！"

俩孩子鼓起勇气执行母亲的命令，可是老师一抓住他俩的手，他们立刻"哎哟，哎哟"地大叫着逃开了。墨汁老师哈哈大笑，亮出了他偷偷藏在手里的缝衣针，他用这针刺痛了孩子给他握的手。克莉斯丽哭了起来，费里克斯却在一旁发出怒喝：

"大肚皮矮子，你要敢再干一次！"

"您为什么这样做啊，亲爱的墨汁先生？"封·布拉克老爷有些不高兴地问。

墨汁回答："这就是我的作风，一点儿没办法，改不了啦。"说时两手叉腰，咯咯咯地笑个不停，临了就像一只破拨浪鼓发出来令人讨厌的声音。

"看来您是位爱开玩笑的人啊，亲爱的墨汁老师。"封·布拉克老爷嘴里说，实际上呢，他跟他太太特别是孩子们心中都很不是滋味。

"喏，喏，"家庭教师提高嗓音问，"俩小宝贝儿怎么样，学问大有长进吧？"

"咱们这就看看好啦。"

说着，他就像伯爵伯父曾经考问自己孩子似的考问起费里克斯和克莉斯丽来。

兄妹俩告诉他，他们压根儿还背不出来那些个学问，墨汁一听把双手举过头顶啪啪啪啪拍起来，中了邪一般高声大叫：

"太好啦！太好啦！——愚蠢无知。——有的是活儿干喽！可会有学问的！"

费里克斯，克莉斯丽也一样，字都写得不错，并且勤奋地读了父亲给他俩的那些旧书，会讲许多读来的动人故事；可墨汁老师完全不把这当回事儿，反倒认为全是些蠢话。——唉，这下根本别再想跑进树林里去啦！——孩子们不得不整天待在四垛墙壁中间，鹦鹉学舌般跟着墨汁老师背诵那些他们一点儿不懂的玩意儿。心里那叫难过啊！——他俩瞅着树林的方向，眼里充满渴望！经常地，在鸟儿们欢快的歌声中，在树木沙沙沙、哗哗哗的喧闹中，他们仿佛听见外乡孩子甜美的嗓音在呼唤：

"你们在哪儿呀？费里克斯——克莉斯丽——亲爱的孩子们！你们在哪儿呀？难道你们不愿再跟我一起玩儿了吗？——来吧！——我用鲜花为你们建了一座漂亮宫殿——咱们住到里边去，我要送给你们无比美丽的彩色宝石——然后咱们飞上云端，自己动手建造闪闪发光的空中宫殿！——来呀！快来呀！"

兄妹俩坐在屋子里，心却整个儿跑到了树林中，对家庭教师视而不见，听而不闻。可把墨汁先生给气坏了，他用两个拳头捶打桌子，大声咆哮，咬牙切齿，嘴里发出各种可怕的怪声音：

"噗——噗——！唬——唬——！嗤——嗤——！嘎——嘎——！怎么搞的！给我集中注意力！"

可费里克斯再也受不了了，他跳起来喊道：

"别再用你那些愚蠢的玩意儿烦我了，墨汁先生，我要到林子里去——你去找我们的灯笼裤堂兄吧，他才符合你的心意！——走，克莉斯丽，外乡孩子已经在等咱们。"

费里克斯说着就往外跑，谁知墨汁先生却步伐矫健地追了上来，在门边上抓住了俩孩子。费里克斯勇敢地反抗，墨汁先生眼看就要败下阵来，因为忠诚的苏尔坦飞跑过来帮助小主人啦。苏尔坦这只狗平时极温顺又听话，却对墨汁教员一开始就表现出极大的蔑视。只要这家伙一靠近它，它准会发出悻悻之声，敏捷地咬住他的瘦腿，自己拼命甩打尾巴，差点儿就把他拽翻在地。这时苏尔坦跳了过来，一口咬住抓着费里克斯肩膀的墨汁先生的衣服领子。墨汁先生一声惨叫，封·布拉克老爷听见了匆匆赶来。教员放下了费里克斯，苏尔坦放下了教员。

"唉，咱们去不成林子了。"克莉斯丽叹息道，说着已经痛哭流涕。封·布拉克老爷尽管责骂费里克斯，心里却可怜不能再去树林里尽情玩耍的两个孩子。墨汁先生不得不让步，同意每天陪孩子们去林子里走走。这可叫他挺为难啊。

"嗨，封·布拉克老爷，"他说，"您要是在房子旁边有座像样的花园该多好！园子里有树木，有栅栏，正午时分，我便可以领着孩子们在园中散步,还去那鬼树林干什么呢?"

俩孩子也一百个不开心,这会儿便嘀咕:让墨汁先生上咱们心爱的树林里去干什么呀?

兄妹俩如何跟墨汁先生在树林里散步?
这时候出了什么事情?

"怎么样?——喜欢我们的树林吗?"三人穿行在叶簇飒飒作响的树丛中,费里克斯问家庭教师墨汁先生。

谁知墨汁先生一脸的不快,大声回答:"真见鬼,这地方连条像样的路都没有,只会扯烂脚上的鞋袜,愚蠢的鸟儿叫得又这么难听,叫人简直没法儿好好谈话。"

"哈哈,墨汁先生,"费里克斯说,"我看出来了,你不会欣赏鸟儿的歌声,大概也根本没听见晨风跟小树林轻声絮语,没听见过古老的溪流讲述美丽的童话故事。"

"还有,"克莉斯丽抢过话头,"你说说,墨汁先生,你大概也不喜欢花朵吧?"

家庭教师的面孔变得比天生的更加黧黑,乱舞着双手,怒不可遏地叫道:

"你们说什么傻话!——谁往你们脑袋里装了这些愚蠢念头!树丛和溪流真这么能耐,会进行交谈?才不呐!还有鸟儿唱歌也纯粹是胡扯!花朵嘛我自然喜欢,如果是插在瓶子中,摆在房间里,这样会散发出香气,省得再点线香。可在树林里也根本没生长鲜花呀。"

"才不呐,墨汁先生,"克莉斯丽叫起来,"你难道没看见那些可爱的铃兰,没看见它们正闪烁着明亮的小眼睛,友好地瞅着你吗?"

"什么什么?"家庭教师喊道,"什么花儿?什么眼睛?——哈哈哈哈——美丽的眼睛——漂亮的眼睛!这劳什子连点儿香味都没有,顶个屁用!"说着他便弯下腰去,从地里连根拔出一大束铃兰花儿,扔进了远处的灌木丛。孩子们仿佛听见了一声哀叫穿过林间,克莉斯丽忍不住失声痛哭,费里克斯气得咬牙切齿。就在这个时候,一只小小的金翅雀振动着翅膀,打墨汁先生的鼻子跟前飞过去,降落在一根枝丫上,唱起一首快乐的歌来。

"没错儿,"家庭教员说,"我相信肯定是在讽刺我!"说着从地上拾起一块石头掷向金翅雀,可怜的鸟儿被击中了,从绿色的枝丫上摔下来,无声无息地死在了那里。这下费里克斯再也控制不住自己,怒不可遏地大吼:

"你真可恶啊,墨汁先生!可怜的鸟儿哪儿招惹你了,你要打死它?——哦,你在哪里呀,善良的外乡孩子,你快飞来吧,快来把我们带走,走得远远的,我再不能跟这个讨厌的人待在一块儿,我要去到你的家乡!"

克莉斯丽泣不成声,也跟着哥哥请求:

"可爱而温柔的外乡孩子啊,来吧,快来吧,快来我们这儿救救我们——唉!唉!墨汁先生会杀死我们,就像他杀死了花朵和小鸟一样!"

"外乡孩子怎么啦！"家庭教师吼道。

可就在这一瞬间，灌木丛中传出来窸窸窣窣的声音，越来越响，越来越响，而在这窸窣声里，又响起阵阵悲伤得令人心碎的声音，像是远方飘送来的低婉沉郁的钟鸣。——在一团明亮的云朵里，显现出来了外乡孩子可亲可爱的面容——随后他飘浮到了前面，却无奈地搅着小手，泪水从和蔼的眼里滴落到红红的脸庞上，像一颗颗亮闪闪的珍珠。

"唉，"外乡孩子哀声叹息，说，"唉，我亲爱的伙伴们啊，我没法儿再去你们那里——你们再见不着我了——保重啊！保重啊！——侏儒王彭浦瑟尔控制了你们，哦，可怜的孩子，别了，别了！"

话音未落，外乡孩子已经飞到高高的云端。可与此同时，孩子们身后却乒乒乓乓、轰隆轰隆、咔嗒咔嗒、呼噜呼噜响成一片，听上去真是可怕极了。一看，家庭教师变成了只讨厌的大苍蝇，而最叫人恶心的是他仍长着张人脸，身上甚至还穿着些人的衣裤。他缓慢而笨拙地飘起来，显然是想去追赶外乡孩子。费里克斯和克莉斯丽吓得逃出树林。跑到了草地上才大起胆子望了望天空。他俩瞅见云头上有个光点，像一颗闪闪发亮的星星似的飘向他们。

"是外乡孩子！"克莉斯丽发出欢呼。

那星星越来越大，越来越大，同时他们还听见了嘹亮的喇叭吹奏声。他们很快发现，那星星原来是只长着亮闪闪的黄金羽翼的大鸟。大鸟扇动着宽阔有力的翅膀，高声唱着歌降落在树林顶上。

"哈，"费里克斯高呼，"原来是锦鸡侯爵，它把墨汁教员给咬死啦——哈哈，外乡孩子得救了，咱们也得救了！——走，克莉斯丽——咱们快跑回家去，把这儿发生的事情告诉爸爸。"

封·布拉克老爷赶走了家庭教师

封·布拉克老爷和封·布拉克太太坐在自家小屋门前，望着闪射出金色光芒的晚霞从黛青色的山后冉冉升起。晚餐已经摆在他们面前第一张小桌上，那不过就是一大钵鲜牛奶加一盆奶油面包罢了。

"这么久啦，不知道墨汁先生带着孩子们待在哪里？"封·布拉克老爷说，"一开始他拖拖沓沓，压根儿不乐意到树林里去，现在却出不来了。这位墨汁先生原本就是个怪人，现在我差不多觉得，他要是根本没来咱们家还好些。他一上来就那么阴险地刺了孩子们一下，叫我没一点儿好感。还有他那些个学问，看起来也不咋地，只会噼里啪啦地胡诌各式各样的怪名词儿，叫人完全摸不着头脑，就知道莫卧尔帝国的大汗几百年前打什么样的绑腿这等屁事儿，可一出门却连橡树跟板栗树都分不清。真叫愚蠢透顶，讨厌透顶。孩子们不可能尊敬他喽。"

"我的感觉，"封·布拉克太太应道，"我的感觉跟你一样，亲爱的丈夫！当初我非常高兴，堂兄乐意关照咱们；现在我同样坚信，要是他没有给咱们派来墨汁先生这个累赘，而是采用了另外的、更好的方式，就太好啦。他的那些学问嘛咱不懂，但有一点可以肯定，就是这个一身漆黑、长着纤细的蜘蛛腿的小胖子，他叫我越来越讨厌了。特别叫我受不了的,是这位家庭教师好吃得要命。一见哪儿有杯啤酒或者牛奶,他不赶紧跑过去喝掉决不罢休;一见糖盒子开着,他立刻会抓过去嚼个没完,吮个没完,直到我哆的一下在他的鼻子尖儿前关上盒子,他才气得站起身来走开,一边嘴里发出异样的嘟囔声和怨恨声。"

封·布拉克老爷正打算继续说下去,却见费里克斯和克莉斯丽穿过白桦林飞快跑来。

"哇!——哇!——"费里克斯连声地喊,"锦鸡侯爵把墨汁先生给咬死啦!"

"哈——哈,妈妈,"克莉斯丽上气不接下气,"哈,那个家庭教师,他就是侏儒王彭浦瑟尔,可原本是只可恶的大苍蝇呢,戴了个假发套,穿了鞋子袜子。"

父母亲惊讶地瞪着俩孩子,他俩异常激动,争先恐后地讲外乡孩子的情况,讲他的母亲女仙王的情况,讲侏儒王彭浦瑟尔以及锦鸡侯爵和他战斗的情况。

"谁给你们脑子里塞满了这些乱七八糟的东西啊?你们是在做梦,还是脑袋出了问题?"封·布拉克老爷不断追问,可孩子们仍然坚持自己讲的是真话,丑陋的彭浦瑟尔确实假扮成了家庭教师墨汁先生,这家伙死了,眼下必定还躺在林子里。

"唉,孩子们,孩子们,"封·布拉克太太双手抱头,大声哀号,"你们脑袋里塞满这么可怕的东西,什么话也听不进去,会变成啥样子哦!"

可封·布拉克先生却陷入了沉思,神态十分严肃。他说:

"费里克斯,你已经是个懂事的大小伙子了,我呢也可以告诉你,家庭教师墨汁先生一开始也让我觉得挺稀罕,挺古怪。是的,我常常感到他身上似乎有什么特异功能,跟别的家庭教师完全不一样。更有甚者!——我跟你妈妈一样,我俩都不大满意墨汁先生,特别是你妈妈,因为墨汁先生他是个贪吃鬼,一见甜食就伸手,就张嘴,还发出丑恶难听的嘟囔声和嗡嗡声,在咱们家原本也是待不长的。不过呢,乖儿子,你想一想,就算世界上真有侏儒这样的讨厌东西,你想想,一位家庭教师难道真的可能是只苍蝇么?"

费里克斯睁大明澈的蓝眼睛望着父亲的脸,神色认真严肃。封·布拉克先生重复自己的提问:

"说吧,孩子,一位家庭教师难道真的可能是只苍蝇?"

费里克斯这才回答:"我绝不会想到,也绝不会相信有这样的事情,如果不是外乡孩子告诉我,如果不是我亲眼看见。彭浦瑟尔是只可恶的苍蝇,他只是把自己装扮成了墨汁先生罢了。——还有,爸爸——"封·布拉克老爷惊讶得完全不知说什么好,无言地摇着脑袋,费里克斯继续说,"还有,爸爸,你说,墨汁先生不是有次亲口告诉你,他是只苍蝇?——我不是亲耳听见他在这儿门前对你说,他当年在学校里像只苍蝇似的活泼?喏,本性难移啊,我想。妈妈不是也说,这家庭教师是个贪吃鬼,一见甜食就没命,怎么样,爸爸,苍蝇不全都这个德行?还有那丑恶难听的嗡嗡嗡嗡!"

"住嘴!"封·布拉克先生气急败坏地大喝一声,"墨汁先生他爱是什么就让他是什么,但有一点可以肯定,锦鸡侯爵并未咬死他,瞧,他正从林子里走过来了!"

话音未落,孩子们已经尖叫着逃进了屋子。墨汁先生确实正穿过白桦林爬上小土坡,只不过眼冒凶光,头上的假发乱乱糟糟,嘴里发出讨厌的嗡嗡声,双脚跳来跳去,脑袋撞得树干砰砰砰响。他一进屋就冲向盛奶的钵子,端起钵子就呼噜呼噜一阵猛喝,牛奶溢出来洒了一地。

"我的老天,墨汁先生,您这是干什么?"封·布拉克太太叫起来。

"您疯了吗,墨汁老师,还是您中邪了?"封·布拉克老爷喝道。

谁知家庭教师对一切全充耳不闻,一纵身跃出牛奶钵,径直奔奶油面包而去。他抖抖长袍的下摆,把纤细的腿儿在上面灵活地伸来伸去,抚平了上边的皱褶。随后他嗡嗡叫着朝向房门奋力一跃,可是却未能进入房内,而是像喝醉了酒似的东歪西倒,猛地一下撞到了玻璃窗上,撞得玻璃发出来丁零零的响声。

"好小子!"封·布拉克老爷喝道,"瞧你干的蠢事,等着,看我怎么收拾你。"说着便去抓墨汁先生的长袍下摆,可却让他灵活地躲开了。这时费里克斯手里握着一把大苍蝇拍从房里跑出来,一边把蝇拍递给父亲,一边高声喊:

"拿去,爸爸,拿去,揍死这丑陋的彭浦瑟尔!"

封·布拉克老爷真就抓过苍蝇拍,追赶家庭教师墨汁先生。费里克斯、克莉斯丽和封·布拉克太太,他们也扯起桌子上的餐巾,在空中挥舞着跟在家庭教师后面追来追去,同时封·布拉克老爷不停地用蝇拍击打他,遗憾的是都没能够打中,家庭教师异常机警,一瞬也不曾停下。疯狂的追逐越来越紧张,越来越激烈,嗡嗡嗡——嗡嗡嗡——嘶儿——嘶儿——嘶儿,家庭教师上下翻飞;啪啦啪啦——啪啦啪啦,封·布拉克老爷的蝇拍如下冰雹一般密集地击打;唬嘶唬嘶——唬嘶唬嘶,费里克斯、克莉斯丽和封·布拉克太太也拼命驱赶敌人。终于,封·布拉克老爷好不容易击中了家庭教师的袍子下摆。只见他呻吟着掉到了地上,可就在布拉克举起蝇拍准备再来一下的一瞬间,他又加倍有力地重新蹿了起来,吱吱吱地啸叫着朝着白桦林飞驰而去,一下子便无影无踪。

"好哦,咱们摆脱掉了这讨厌的家庭教师墨汁,"封·布拉克老爷说,"再也不准他跨进咱的门槛。"

"不,再也不准,"封·布拉克太太接过话头,"这种德行的家庭教师太可恶,不但不起好作用,还会坏事。——夸夸其谈学问什么的,结果却跳到了牛奶钵里!这样的家庭教师我看真叫不错!"

两个孩子欢呼雀跃,喊道:

"哇——爸爸用苍蝇拍给了墨汁先生鼻梁上狠狠一记,这下他可完蛋喽!——耶!——耶!"

赶走墨汁先生以后树林里新发生的事情

费里克斯和克莉斯丽长长地舒了一口气,活像压在心上的一块大石头终于落了地。他们首先想到,丑恶的彭浦瑟尔逃走了,外乡孩子肯定会回来,像往常一样跟他们一道玩耍。满怀着欢乐的憧憬,兄妹俩来到林子里,可林中却鸦雀无声,一片荒凉景象,既听不见鸟儿雀儿的欢歌鸣啭,也听不见丛莽的愉快喧响,空中不再飘来溪流掀波涌浪的潺潺声,却浮荡着声声畏葸的叹息。透过漫天的雾霭,太阳只投下来苍白的光线。不一会儿天上便乌云密布,狂风呼啸,远方响起愤懑低沉的滚雷,高大的枞树也轰隆轰隆、哗啦哗啦地发出喧响。克莉斯丽浑身哆嗦,紧紧依偎在哥哥身边。费里克斯却说:

"干吗怕成这个样子,克莉斯丽!暴风雨来了,咱们得赶快回家去。"

俩孩子开始跑起来,可是自己也不知怎么搞的竟没有跑出树林,而是往林子里越跑越远,越跑越深。天渐渐黑了,巨大的雨点从头顶掉落下来,此起彼伏地扭动、抽搐着耀眼炫目的闪电!

这时候,兄妹俩站在一丛密密匝匝的灌木跟前,费里克斯说道:

"克莉斯丽,咱们在这里躲一躲吧,暴风雨一会儿就会过去。"

克莉斯丽害怕得哭起来,可还是按照哥哥说的做了。谁知他俩刚刚钻进密林中坐下,背后就传来难听刺耳的说话声:

"蠢货!——傻瓜——你们瞧不起我们——你们不知道怎么跟我们玩儿,现在没有玩具了吧,活该,你们两个傻瓜!"

费里克斯回头一看,不禁心里发虚,他看见被抛弃了的猎人和琴师正从树丛里站起来,死气沉沉的眼珠子紧盯着他,小手不住地乱挥乱舞。琴师还拨弄琴弦,弄出一阵刺耳的吱吱喳喳和丁零丁零声,猎人甚至举枪瞄准费里克斯。与此同时,两个玩偶还扯起破嗓子喊:"等着——等着,你这傻小子,你这傻丫头!我们俩是墨汁先生忠实的门徒,他马上就要来到这里,来治一治你们的傲慢无礼!"

也顾不得头顶大雨如注,四周电闪雷鸣,枞树林中狂风咆哮,俩孩子拔腿就跑,一跑跑到了紧挨树林的池塘边上。可刚一站住脚,就看见克莉斯丽那个大布娃娃从费里克斯扔她进去的芦苇丛里站起来,扯着难听的青蛙嗓子叫道:

"蠢货!——傻瓜——你们瞧不起我们——你们不知道怎么跟我们玩儿,现在没有玩具了吧,活该,你们两个傻瓜!等着——等着,你这傻小子,你这傻丫头!我们俩是墨汁先生忠实的门徒,他马上就要来到这里,来治一治你们的傲慢无礼!"

可怜的孩子原本已经让雨水浇得浑身湿透,现在丑陋的布娃娃又喷了他俩满脸脏水。费里克斯再也受不了这可怕的鬼把戏,可怜的克莉斯丽更是吓得半死,于是又开始逃奔,可回到林子中间很快便筋疲力尽,又累又怕地瘫坐在了地上。谁知身后蓦然间又传来愤怒的咆哮声。"墨汁先生来啦!"费里克斯失声喊道,可就这一瞬间,他跟可怜的克莉斯丽一样都完全失去了知觉。等他俩再从睡眠中醒来,发觉自己已躺在一片柔软的苔藓地上。暴风雨过去了,太阳照得明亮而又温暖,雨滴挂在发光的灌木和树枝中间,像宝石似的闪闪烁烁。兄妹俩万分惊喜,身上衣服完全干了,压根儿不再感到寒冷潮湿。

"啊,"费里克斯高举起双手,喊道:"啊,外乡孩子保护了咱们!"于是费里克斯和克莉斯丽兄妹俩齐声高呼,以至林中传来了回响：

"啊，亲爱的外乡孩子，快快回到我们身边来吧，我们想你想得要命哦，没有你，我们压根儿活不下去！"

这时候，恰似有一道闪闪发亮的金光射进密林，照得花朵全都昂起了头来，可孩子们呼喊自己善良的伙伴的声音只是越发显得凄凉，除此却什么也看不见。他们终于离开树林回家去，心情十分难过。在家里，因为外边起了风暴，父母亲没为兄妹俩少担心，见到他们真是满心欢喜。

"这下好啦，你们回来了，"封·布拉克老爷说，"我得承认，我刚才担心墨汁先生还在林子里游荡，还不肯放过你们。"

费里克斯讲了在树林里的全部遭遇，封·布拉克太太大声打断他：

"净胡说八道！要是你们到树林里就会这么胡思乱想，那干脆不准再去，给我待在家里得了。"

事实自然并非如此，因为只要孩子们一请求："好妈妈，让我们去林子里玩儿一会儿吧。"封·布拉克太太就会回答："去吧，只是得给我乖乖儿地去，乖乖儿地回来。"

不过呢，在一个短时间里，兄妹俩自己也根本不愿意去树林。唉！——外乡孩子再也不曾露面，只要费里克斯和克莉斯丽敢于深入林中，或者靠近池塘，就会遭到那猎人、琴师和布娃娃的嘲讽辱骂："蠢货，傻瓜，现在没玩具玩儿了吧，活该！——傻瓜，蠢货，一点儿不懂该怎么和我们这些有教养的文明人打交道！"——这可实在叫人受不了，兄妹俩宁愿待在家里。

结　局

"不知道怎么搞的，"有一天，塔朵斯·封·布拉克先生对封·布拉克太太说，"不知道怎么搞的，这些天来我感觉很是异样，很是奇怪。我差不多相信，可恶的墨汁先生对我施了魔法，自从我狠狠给了他一苍蝇拍，赶跑了他，我就感觉四肢无力，像是灌满了铅一样。"

事实上呢，封·布拉克老爷真的一天比一天憔悴，面色一天比一天苍白。他一改往常的习惯，不再在过道里踱来踱去，不再在屋子里东敲敲西打打，而是几个钟头几个钟头地坐在那里陷入沉思，然后就让费里克斯和克莉斯丽给他讲跟外乡孩子一块儿玩的情况。兄妹俩满怀欣喜地开始讲述，讲起外乡孩子完成的一个个美妙奇迹，讲到他居住的光明幸福的国度，父亲脸上就会露出哀伤的微笑，眼眶里噙着泪水。可是费里克斯和克莉斯丽怎么也不甘心，不甘心外乡孩子从此销声匿迹，不甘心他俩遭受丛林中和池塘里那些丑陋玩偶的嘲弄，从此再不敢到树林里去。

"走，孩子们，咱们一块儿到林子里去，看墨汁先生那些个坏东西还敢不敢来欺负你们！"在一个明媚的早晨，封·布拉克老爷这对费里克斯和克莉斯丽讲，说完便牵着兄妹俩走进了树林，林子里今天格外清新明亮，格外芬芳馥郁，到处都听得见鸟儿在歌唱。头顶上是喷香的鲜花，他们在柔软的草丛中坐下来后，封·布拉克老爷便开口讲：

"亲爱的孩子们,我一直怀着个心事,而今再不能隐瞒下去,必须告诉你们啦:我跟你们一样,也认识那个在林中里让你们看见过许多美妙景象的外乡孩子。当我还像你们这么大的时候,他也曾来找过我,也曾跟我一起玩儿过那些最奇妙的游戏。后来他怎么离开了我,我已经想不起来;我自己完全不明白,我怎么会把这善良的小孩忘记得干干净净,怎么会不相信你们讲的他的事情,尽管我也时常隐隐约约地感觉到,这是真的。可最近几天,我生动地回忆起了我美好的童年时光,我已经很多很多年完全不能这样做了。于是,那美丽、善良的孩子的形象,就像你们看见的那样灿烂光明的形象,又闯进我的意识,我心中又充满那个你们同样怀有的渴望,只不过它叫我感到撕心裂肺的痛苦!——我感觉,这是我最后一次坐在这儿,坐在这些美丽的鲜花和树丛下面,我很快会离开你们,我亲爱的孩子们!——只是等我死后,你们俩得好好亲近这善良的小孩,不再与他分离!"

费里克斯和克莉斯丽伤心得要命,不禁痛哭哀号,高声喊叫:"不,爸爸——不,爸爸,你不会死,你不会死,你还会长久地跟我们生活在一起,就像我们还会跟外乡孩子在一起玩儿很久很久!"

可是第二天,封·布拉克老爷已经卧床不起。一个瘦长男人来按了封·布拉克老爷的脉搏,然后说:"已经快了!"

只是并不那么快,到第三天封·布拉克老爷才去世。唉,封·布拉克太太哭得呼天抢地,孩子们也手足无措,大声哀号:"爸爸!——亲爱的爸爸啊!"

接着,由布拉克海姆村的四个农民把他们的老爷抬到了墓地,可人刚抬走,家里就来了一帮瘦高个儿的男人,面目丑陋得跟墨汁先生不相上下。来人向布拉克太太宣布,他们奉命接管这个小小的农庄及其房子里边的全部财产,因为已故的塔朵斯·封·布拉克把这一切,不,甚至更多的财物,都抵押给了茨利阿努·封·布拉克伯爵大人,眼下伯爵大人就要求收回自己的财产。如此一来,布拉克太太已经一贫如洗,不得不离开美丽的小村庄布拉克海姆。她打算去投奔一位远房亲戚,便捆了一个小小的包袱,里面装着来人允许她带走的少量换洗衣服,费里克斯和克莉斯丽也不得不照着做。就这样,一家人泪眼汪汪地走出了家门。他们要越过树林中的一道木桥,已经听得见桥下河水狂奔的喧嚣声,这时母亲悲痛得突然晕倒在地上。费里克斯和克莉斯丽立刻跪倒在她身边,失声痛哭哀诉:

"我们两个可怜的孩子啊!没有任何人关心我们的悲苦了么?没有任何人么?"

哭声尚未散去,只听远处流水的喧嚣声渐渐变成了悦耳动听的音乐声,茂密的树丛也窸窸窣窣地颤动起来——霎时间,像出现了奇迹似的,整个树林一片火红,闪烁着万道华光。这时外乡孩子从散发着香气的叶簇里走出来,可身体包裹在刺目的烈焰中,费里克斯和克莉斯丽不得不闭上眼睛。他们感觉到温柔的抚摸,耳畔响起了外乡孩子甜美的嗓音:

"哦,别这么难过,我的伙伴!难道我不再爱你们了吗?难道我会抛下你们不管吗?不!不会!——你们不是亲眼看见我一直护卫着你们,尽自己的力量帮助你们,让你们永远快乐幸福吗?只要你们一如既往地把我记在心里,忠诚于我,凶恶的彭浦瑟尔就不能伤你们一根毫毛,也没有任何敌人能伤你们一根毫毛!——只要你们始终爱我,对我忠诚!"

"哦,我们愿意!我们愿意!"费里克斯和克莉斯丽大声呼喊,"我们打心眼儿里爱你!"

两个孩子再睁开眼来,外乡孩子却没了踪影,不过他们已不再感到任何痛苦,内心深处又充满着喜悦幸福。封·布拉克太太也慢慢从地上站了起来,说道:

"孩子们!我梦见你们站在面前,浑身闪着金光,这梦境奇妙地给了我快乐和慰藉。"

兄妹俩眼里射出兴奋的光芒,脸蛋儿通红通红。他们告诉妈妈,外乡孩子刚才怎么来到他们身边,怎么安慰他们,妈妈听后说:

"也不知今儿个为什么我不能不相信你俩编的童话故事,为什么听你们一讲,一切的痛苦、一切的忧愁全烟消云散了。那就让咱们无忧无虑地继续上路吧。"

母子三人受到亲戚热情接纳,随后就出现了外乡孩子许诺的情况。费里克斯和克莉斯丽不管干什么都获得极大的成功,两人带领妈妈过着快乐而幸福的生活。在往后的岁月,他俩仍旧在甜蜜的梦中跟外乡孩子一块儿玩耍;外乡孩子呢,也不停地从自己的故乡给两兄妹带来最奇妙、最可爱的礼物。